做更NICE"耐撕"的自己

Make yourself more powerful

沈万九 著

青岛出版社
QINGDAO PUBLISHING HOUSE

图书在版编目（CIP）数据

做更“耐撕”的自己 / 沈万九著. — 青岛：青岛出版社，2016.10
ISBN 978-7-5552-4495-0

Ⅰ. ①做… Ⅱ. ①沈… Ⅲ. ①散文集－中国－当代
Ⅳ. ①I267

中国版本图书馆CIP数据核字(2016)第193321号

书　　名　做更“耐撕”的自己
著　　者　沈万九
出版发行　青岛出版社
社　　址　青岛市海尔路182号（266061）
本社网址　http://www.qdpub.com
邮购电话　010-85787680-8015　13335059110
　　　　　0532-85814750（传真）　0532-68068026
责任编辑　那　耘
责任校对　邹　蒙
特约编辑　郑新新
装帧设计　晨星书装
照　　排　智善天下
印　　刷　三河市南阳印刷有限公司
出版日期　2016年10月第1版　2016年10月第1次印刷
开　　本　32开（880mm×1230mm）
印　　张　8
字　　数　110千
书　　号　ISBN 978-7-5552-4495-0
定　　价　36.00元
编校印装质量、盗版监督服务电话　4006532017　0532-68068638

建议陈列类别：文学/畅销

序

久违了，素未谋面的朋友。

不知不觉，距离上一本书，已经一年多了。不知道你们的耐心，是否早已在灯红酒绿的忙碌中消耗得一干二净——倘若没有，那很不幸地告诉你，我“胡汉九”又回来了！

如果你恰好是江湖中那几位万中无一的“读过上一本书然后一直望穿秋水地等到现在”的客官，我必须承认，你的耐心真的太好了。

冲你这份耐心（当然也可以说是爱心），我就敢拍着胸脯说，你做任何事情都能成功

——不管是揽月捉鳖，还是泡仔撩妹。

须知道，在过去的一年多里，我的生活发生了天翻地覆的变化：无论是职场还是生活，抑或是爱情……能否在时隔20个月后看到活蹦乱跳的我都难说，更别说读到眼前的这部作品了。

总而言之，我已经从那个坚持初心、死磕理想的自己，悄然变成了一个“耐撕”和nice的自由“逗士”，也不知道是

被迫还是主动。

其实两者间的关系，又如何分得清呢？

人总是在主动和被迫中改变，正如我因为职场的变迁，来到了一座新的城市，随之也带来了生活和爱情上的骤变。

在《成唯识论》里，有这么一句话：“领违境相，逼迫身心，说名苦受。”意思是说，人总会因为期望获得不该有的境况，而身心受苦。

可莫非有梦就不去追了——当然不行，所以这个时候，“耐撕”便成了一种非常有必要的美德。

今年上半年，我像吃压缩饼干似的认识了不少文坛上的朋友，特别是来杭后的三个月里——不夸张地说，甚至比前十年的加起来还多。

有关文学的道路，似乎一下子就撕开了一个裂口。虽然只是一个口，但也足够我睁一只眼往里瞄一阵了。

其实我想说的是，在追梦的路上，既然决定了“耐撕”，就勇敢地“撕”下去，“咬定青山不放松”，终究会有你的专属舞台。

而且最重要的是，一旦我们上了场，就一定要有不退场的决心——我记得周杰伦在人生第一次获得歌曲大奖的时候，死活不肯下台，直到被人扛走。

老实说，离开广州这座被誉为“文化沙漠”的城市，我一直觉得是种背叛。

我曾经信誓旦旦且厚颜无耻地说过，一定要扛起广州的文学大旗。现在我却来到了名妓苏小小的故乡——杭州，也许以后都不回去了。

以后一定是不会回去了。

我现在也算明白了，“耐撕”未必是要固守一城，而是偶尔去跟这个世界妥协，以争取现实和梦想的平衡——你一定要说这是儒家的中庸思想吧，whatever!

只是，那座繁华而忙碌的城市还有我爱的人，偶尔会在午夜想起，在梦乡里牵萦。所幸，还有陈奕迅的新歌聊以自慰：每条大鱼，都会相遇；每一个人，都会重聚——不管到时的我们，会变成什么模样。

对了，有关跟“自己”的对话，不知道大家有没有听够呢？

从上一本的《初心》，我不厌其烦地劝大家认清自己，像那个古希腊的大胡子苏格拉底先生一样固执（当然最后的结局未必会好），到这一回认清自己后的“耐撕”，并与这个世界暂时地妥协，无非是为了心中的诗和远方，为了那个真正自由奔放的自己。

然而，在此之前，我想说的是，在这个交织着功利和肉搏的世界里，我们这么努力做一个“耐撕”的自己，无非是想邂逅一个更nice的自己。

最后，在这个知识贫乏和直播横行的屏读时代，真心感谢所有选了本书而不是旁边那本“作者看起来更有名，但内容乏味到只适合睡前催眠的作品”的朋友；同时也感谢《万九客栈·读书会》的所有高颜值和没有颜值才华来凑的客官们，如盼盼、永飞、佳宜、甲馨等（广告时间，他们在哪里？扫一扫作者简介里的微信二维码，赶紧来打尖住店吧）；还有为了本书的出版付出了无数心血的心爷——不瞒你说，她是一个高挑美艳而且气质出众到扔进《欢乐颂》

里都足以演个女一号的姑娘，这里顺便帮她征高颜值靠谱男一枚。

王小波曾说过：“什么都不是爱的对手。除了爱。”所以无论是主动还是被动，不管是男孩还是少女，我对你们能做的只有一个，那就是——好吧，我又不是光靠眼神就能秒杀四方的梁朝伟，所以还是用王家卫的话来表白吧：

“我已经很久没有坐过摩托车了，也很久未试过这么接近一个人了，虽然我知道这条路不是很远。我知道不久我就会下车。可是，这一分钟，我觉得好暖。”

——谨以本书送给那些“在认清了生活真相却依旧热爱生活”的“撕”客，以及我那辛苦了几十年却依旧“耐撕”如初的母亲（抱歉，上本书出街，她已经感动到哭过一次了，这回我不得不加大泪点）。

目 录

content

01

第一章 chapter 01

更“耐撕”的爱情，是放下和坚守的平衡

02

第二章 chapter 02

更“耐撕”的生活，是死磕和妥协的平衡

03

第三章 chapter 03

更“耐撕”的人生，是梦想和现实的平衡

04

第四章 chapter 04

更“耐撕”的世界，是个人和社会的平衡

CHAPTER 01

第一章

更“耐撕”的爱情，是放下和坚守的平衡

一、低质量的恋爱，不如高质量的单身

题记：“泉涸，鱼相与处于陆，相呴以湿，相濡以沫，不如相忘于江湖。”——《庄子·内篇·大宗师》

（1）

记得还在念大学的时候，有一阵子，我曾无比渴望谈一场不分手的恋爱：

有空时，打扮一下，“月上柳梢头，人约黄昏后”；忙碌时，写条短信，“云中谁寄锦书来。雁字回时，月满西楼。”

那时候，只要看到年龄相仿的雌性，我都会眼睛发直、背脊挺直，随时准备过去搭一场不问结果的讪。

遗憾的是，我那拙劣的搭讪技巧，直到今天都没提升到中国男子的平均水平。

原因很简单，我早已习惯了在文字上撩各路、各地甚至各国的妹子，上苍很公平，让我在生活中跟漂亮女孩说起话来，就像是上台面对几万人的演讲，随时舌头打结、大脑短路。

不过话说回来，其实这么多年过去，“回首向来萧瑟处”，我还得感谢那段寂寞而不会搭讪的时光，让我拥有高质量的单身，伴随我走上了文学路，见了自己；同时也到了世界顶级公司之一，见过天地……

接下来，如果幸运的话，还可以期待一下，见众生。

当然，这儿绝不是想弘扬单身的好处——其实高质量的恋爱，肯定比单身好一百倍。一起携手奋斗风里去，好过单枪匹马浪里来，正所谓在家靠父母，在外靠对象，凡事有个照应，也不至于剑走偏锋，逼上梁山……

但如果，你正经历的是一场低质量的恋爱，那就未必了。

（2）

说到恋爱，很多人可能会抱有这样的观点：又不是一婚定终身，先恋爱着有什么关系呢？！

所以，很多中学生因为赶时尚早恋；很多大学生因为无所事事或者去图书馆没伴而恋爱；很多在工厂上班的朋友因为独在异乡为异客、空虚寂寞冷去搞对象；很多奋斗在一线城市的孤男寡女则因为需要一个慰藉的身体而跟人交往……

这样一来，你遭遇低质量恋爱的概率就非常大。到底什么是低质量的恋爱？以笔者之拙见，以下四种最为典型：

1. 一厢情愿地迷恋

其实对方并不爱你，只是碍于某种压力、感动甚至情欲暂时跟你在一起。说白了，你们只是名义上或肌肤上的恋人。

可你却拼命为了获得对方的认可，去做各种"感动了自己对方却习以为常"的事情。

从某种程度上来说，你爱的不是对方，而是一种付出后的不甘心。

众所周知，佛家有三戒，分别是贪嗔痴。这种一厢情愿的不甘心，犯的就是痴戒，而且这样的局面，一旦超过三个月，都属于低质量恋爱。

2. 把吵架当作吃饭的恋爱

两个人性格非常不合，价值观也不同，甚至消费理念都不一样。你觉得出门打的是家常便饭，我觉得能坐公交就不坐地铁；你觉得洗碗是对女权主义的践踏，我觉得男人洗碗是母系社会的复苏。

俩恋人，动辄拌嘴吵架，吵完了心气不顺又开始冷战，一个月的恋爱有20天冷战、5天吵架，剩下的5天则在痛彻心扉地道歉和一本正经地反省，结果下个月又是如此，典型的长期内耗。

这样的恋情，如果过了磨合期都没有改观，即属于严重的低质量恋爱。

3. 异地分居半年都见不到一面的恋爱

别再跟我说"两情若是久长时，又岂在朝朝暮暮"了，特别是在基础没打扎实就异了地的恋爱早期。

你拍个拖半年都牵不到一次手，装个电脑只能靠男同学，生个病只能靠女舍友，想一起看个电影只能对着视频，想一块吹个夜风只能对着话筒……这样的恋爱，试问该如何建立一个长期稳定的关系？

这样的爱情，一旦最终没走在一起，都属于内耗巨大的低质量恋爱。

4. 明知道对方有人，还以为可以抢过来的恋爱

这种恋爱放在男人身上就是暖男或备胎，放在女人身上就是小三或狐狸精，明明知道对方的心里装着一个Mrs./Mr. right，却总是不抛弃、不放弃……

总之，以我有限的阅历来看，只要对方不是有童养媳，这样打着真爱的幌子去抢人都不会有好结果。

（3）

记得刚毕业那阵子，我有一个女舍友，在四大会计师事务所之一的安永工作，真正的高薪白领——我们当时拿两千一个月，她已经拿四千了，还不包括奖金。我们是挤地铁上下班锻炼身体，她是天天打车省下时间办个几千元的健身卡去塑身。

认识她时，她刚走出一段恋情（旧情人的信还是我帮她一起烧的），心如刀割，总是徘徊在要不要撩回前男友的矛盾中。

后来终于走了出来，化痛苦为力量，开始非常努力地

工作。钱赚了不少，人也更会打扮了，长得用广州话来说是“麻麻地”，稍一打扮就可以去演《欢乐颂》了。

随后，她在毕业后的六年里，拒绝了很多靠谱或不靠谱的桃花，于去年终于找到了一个武汉大学的博士毕业生，而且还是某大医院的主治医师，今年年初育有一女。

所以，与其在过去的恋爱中沉沦，或是在低质量的恋爱中耗费有限的光阴，倒不如努力做一个爱情麦田里的守望者，做好自我增值，增加自己颜值，等待或寻觅那份真正属于自己的幸福。

（4）

前不久，看了一则新闻，说浙江嘉兴有一对新人，在整理照片的时候，无比震惊地发现：当男人16年前还是个小鲜肉的时候，于某个地方拍摄的照片背景里，居然有丈母娘。

简直太神奇了（你也可以说是惊悚），16年前啊，沧海都足以换成桑田了，我却早跟你妈于尘世中同过框。

也就是说，这对有缘人，于繁杂万千中，因为某种力量而早有交集。

举这个例子，不是想告诉大家，你生命中的另一半其实在冥冥中早已注定，你需要的只是等待即可——这是一种宿命论的说法，当然我也不排斥。

但这里更想说的是，对于爱情，如果可以，还是做一个理想主义者吧，坚信在生命中总有一个Mrs./Mr. Right正在磨刀霍霍地准备着撩你，并为此努力。

总而言之，恋爱这种事情其实跟成功一样，都需要积累：当你不够风度翩翩的时候，请停下你寻觅的脚步；当你不够风姿绰约的时候，请忽略路边那些野花吧……

毕竟，低质量的恋爱，永远比不上高质量的单身。与其凑合着相濡以沫，倒不如潇洒转身，与君相忘于江湖。

二、“女追男”拼的是技艺，不是力气

题记：“我住长江头，君住长江尾。日日思君不见君，共饮长江水。”——李之仪《卜算子》

（1）

众所周知，“女追男”有着天然的优势，因为俗语有曰：“男追女，隔堵墙；女追男，隔层纱。”

天各一方的环肥燕瘦们，于茫茫人海中，邂逅某位惊世骇俗的男神，只需轻轻一撩，便可水到渠成。

再于某个月黑风高时，借着淡淡的醉意和浓浓的情意，来个半推半就，即可生米煮成熟饭，从此告别黄金剩斗士，抱得钻石俊男归。

所以，在偶像剧之外的生活中，经常会有“如花配彦祖”的组合，让人觉得世界真是无比公平啊。我表妹就是这

么个例子——但愿她别读到下文。

不瞒你说，她长得还真是随机，而且脸色偏黑，经常在朋友圈、微博、QQ等各大平台对全世界宣称减肥，完了没事就在闺房里举哑铃，平时也不爱吃肉，专爱吃素，结果有几次因为贫血晕倒在地铁站，差点没把人吓死——第一次遇见碰瓷碰地铁的。

可就是这样一个奇葩的好女子，硬是把她班上一个人送外号“小霍建华”的帅哥给拿了下来。要我说，他们俩站在一起拍照，还真是让人有一种“一棵好白菜给猪拱了”的错觉……好了，再说下去，估计我表妹下辈子都不会理我了。

其实，冒全家之不韪，举表妹的例子，真正想说的是“女追男”这一行为是自带“颜值属性”的，就像某些人在电影里怎么也打不死是因为自带了主角光环一样。

当然，如果你恰好有几分姿色的话，那追起男神来，就更是手到擒来，瓮中捉鳖了。正如在热播电视剧《欢乐颂》里，古灵精怪且漂亮有米的曲筱绡，面对名草有主且高酷冷的赵医生，还不是果敢插队，成功上位，并最终修成正果（本文绝不提倡此等行为）。

不过话说回来，“女追男”虽说符合短期的竞争法则，但符合长期的可持续发展规则吗？

（2）

前阵子，著名的自媒体红人咪蒙曾公然宣称：

“女追男，隔的是铁丝网，还带着电。”

原因有以下几个：

一、你所追到的美男子很可能是把你当成炮友的渣男；

二、你很可能只是他寂寞空虚冷时的外套或备胎，一旦不冷了，或有新对象了，立马弃你如敝屣。

另外，从生物学的角度看，雄性动物在远古时期的工作就是以狩猎为主，追求的就是攻，是抢占，是征服欲，骨子里就有雄霸天下雌性并把基因往下延续的宏愿——哪怕他在现实生活中就是一个日进不到半斗的窝囊废。

而雌性动物更多的是采取守的态势，特别是在男女关系上，因为她们延续基因的代价太大了（十月怀胎再健康产下宝宝，完了再坐月子可不是开玩笑的）。

因此，一旦从本质上违背了这个生物属性，导致的结果都难以预料。

对此，作为一名直男，我也有一定的感触，对于那些追我的女子（别嘘！一辈子这么长，好歹能瞎猫撞上几个吧），我从心里就不那么重视，而且她们越主动进攻，我就越受宠若惊，越觉得没有意思，感觉就算在一起了也没有成就感，不是非常珍惜。

当然，如果有女性同胞以“贱”来形容这种行为的话，我也完全认同。

我这里还有一个例子，发生在一个老朋友身上。她前不久跟老公离婚了，是她老公提出来的，理由是没感觉了。

要我说，这个理由完全就是没理由嘛。须知道，他们是自由恋爱起家的，一起风风雨雨有七八年了，而且两口子还有一个两岁左右的儿子，可她前夫还是毅然决然地离她而去。

究其原因，是因为之前是朋友倒追她老公的。而且在一起时，他们还分过几次手，可朋友还是觍着脸想办法挽回了。

后来总算结婚了，朋友以为踏实了，对其老公也没有那么上心了，再加上后来有了宝宝，重心更加偏离了（可以说是弥补法则的体现），老公也不是傻子（而且恰好还是个不负责任的陈世美），顿时感觉到了巨大落差，继而矛盾连连，最终导致分开。

不过话说回来，如果我们在生活中，遇到自己喜欢的男神，难道真的能够置之不理吗？美丽的白娘子不就是修炼千年倒追许仙吗？！

所以答案是，当然要追了！真正的问题是如何去追而已。

（3）

对于女追男的问题，著名的心理咨询师李露老师曾这样说过：

“女人最大的本事不是追到男生，而是制造一种形势，利用自己的天然禀赋，你可能不漂亮，但是你可能有很好的性格呀，对吧。这是一个多元的环境，让男人来主动追求你呀，这就是问题的解法呀。”

也就是说，“女追男”绝不是像跑步那样的力气活，只要长期锻炼、坚持不懈、有耐心也有耐力就行，其真正拼的是技艺、是脑力、是自我认识和目标管理的智慧。

对此，在美国电影《怦然心动》里，我们可以略知一二：

美丽却相对早熟的女一号朱丽，慢慢地在生活中营造出一种势能，让我们帅气爆棚的男一号布莱斯一步步沦陷，从最初的厌恶到不讨厌，直至怦然心动，并最终坠入情网。

如果你对此还有困惑的话，这里再给大家举一个“女追男”的成功案例，是之前在《逻辑思维》读到的：

“我有一个朋友，年轻的时候在一块儿混，我太知道他了，对女孩子挑剔得不行，非得要漂亮的。可是结婚那天，把新娘子牵出来，我们一看都傻了，这也不好看呀，私下就问他，说怎么就弄这么一位啊。

人家跟我说，他们是这么开始的：原来是一帮朋友在一起玩，跟这个女孩子就没有那层关系，但是玩嘛。有时候就在我家做饭，女孩子都进厨房，一会儿菜做得了，大家都在外面吃，突然发现少了一个人，就是那个女孩。

我就到厨房去找，一找，发现那个女孩儿在那儿哭，嘤嘤地、小声地在那儿哭，一边哭一边跟我说，我真笨，我没本事，我连做出一道像样的菜给你的本事都没有，我恨死自己了。

哎哟，你听吧，没有男人受得了这个，立马那种保护欲、那种雄性的欲望就开始爆棚，然后上去一把搂住，摩挲着肩膀说，不哭不哭不哭。你看，一段关系就这么开始了。”

此外，如你所知，在《红楼梦》里，贾宝玉一直就是喜欢林黛玉，“任凭弱水三千，我只取一瓢饮”，可是后来还是无奈地娶了八面玲珑的薛宝钗。

究其原因，从某种程度上来说，这正是薛宝钗的聪明之处，她知道如何营造出一种势，一种整个贾府、薛府都帮助自己达成“女追男”之目的的潜在力量。

（4）

其实对于“女追男”，著名的罗胖曾在一期节目里专门提过几点建议，比如说建立弱连接、搞定潜意识、适度使用性暗示等等，让人受益匪浅。

结合节目心得和个人感悟，这里也给大家总结一下“女追男”的四大杀招，不包管用，仅供参考：

1.同步感

做好前期市场调查，了解他的喜怒、爱好和思想习惯，让他认定你们的磁场是对的、是同步的，并产生一种命中注定的宿命感。

同时，让他不经意地发现，你居然刚好喜欢他喜欢的东西、讨厌他所讨厌的事物，感觉跟你很投缘、有默契，继而在潜意识上建立起桥梁。

2.种心锚

其实你完全可以理解为是“下蛊”，也就是在他的心里，种下一个烙印，这在心理学上叫作：种心锚。

也就是说，让人感觉到你时刻存在，在生命中习惯你的某种行为。比如，我以前追一个女孩的时候，就会每周日晚定时在她的QQ空间留下一段不少于300字的文章，未必是爱意连连的肉麻情书，却有着抵御严冬的满满暖意。

3.建势能

关于势能的建立，其实上文有重点谈及。这里想补充的是，记得我们念书的时候，经常会碰到一种情况：明明喜欢某个人，但就是不好意思说出来，于是便故意走漏风声，让同学们起哄说两个人在一起，然后看对方的反应——这本身就是一种势能。

如果对方对你有意的话，一般不会那么气急败坏地急着扔掉舆论给的绯闻帽子，那样你就可以乘势追击了。

4.微表白

不直接说出心意。暗示对方，比如说无意间透露自己的生日，如果对方在乎你，肯定会有所行动。

或者是，跟他出去的时候特别精心地打扮，从衣服到眉毛、从粉底到袜底……可一旦跟其他人一同出游的时候，就几乎素颜出行。

如果这样他还不懂你心意的话，要不就是对你实在不来电，要不就是个榆木脑子，早扔早好。

最后，想特别补充一点，说了这么多的“女追男”杀招，其实最重要的还是势均力敌，技艺只是表面，真正的内核还是让自己配得上对方。

如果你非要觉得只要拼命追、用脑追，并且不惜花重金学各种撩男技术（目前市面上就有很多专门的培训课，比如说教你故意追尾男神的汽车，以制造邂逅），那就真的是剑走偏锋，疯狂成魔了，需知道“念念相续，苦痛里都是执着”。

三、试问白头跟谁老

最近，有一个漂亮的奔三妹子在闹离婚。

虽说国产电视剧的离婚闹剧跟好莱坞的世界末日一样随处可见，可真正发生在身边的却寥寥无几，所以顿时让我产生了中国式的好奇。

离婚是男方突然提出来的，理由是价值观不太一样，不想一起将就了，想一个人待着，自由自在，无拘无束……类似的借口，如果这是一个二十来岁的小青年对自己刚交往半年不到的小女友说的话，那还算说得过去，顶多是换来“一公升”的眼泪和“薄情郎”的外号而已。

可我那可怜妹子的老公一来三十好几了，二来他们在一起快六年了，而且还有个快两岁的宝宝。当然，如你所料，这个宝宝是个女娃，更如你所料，婆媳之间为此经常有一些或大或小的摩擦，而且最重要的是，这个负心的“陈世美”

还是个从小就娇生惯养的独生子——需要补充的一点是，本文并没有任何奉劝妹子远离独生子的意思。要知道，计划生育的国策都推行几十年了，我可不想引起公愤，而且感情这种东西，妹子要是认定了，就跟“妾拟将身嫁与，一生休”的游春女子一样，任何的奉劝都是损人品的事。

所幸的是，作为一名受害者，妹子还算乐观——至少在我们面前，还是一如既往地灿烂、话多、不化妆也好气色（至于夜里抹了多少泪花、小心脏是否早已碎成了二维码，我们就不得而知了）。

虽说如此，朋友们还是怕她想不开、去跳楼，给人民警察添麻烦，于是便三番五次地找借口拉她出来进行劝慰。记得有一次，她说万万没想到，刚乐滋滋地追完年度剧王《离婚律师》，就碰到了这么一出，世上最讽刺的事莫过于此。

朋友A立马安慰道：人生如戏，总会碰到乱七八糟的剧本嘛。你就当作牺牲一把，演一出黑色幽默给大家乐乐呗。

她随即苦笑道，你们要真想乐，我再跟你们说一个吧。你们知道吗？我老公是在7月24日那晚提的离婚。

众人不解：结婚周年庆？还是第一夜亲密接触？

都不是！！是《后会无期》的全国首映日。而且最最讽刺的是，之前二胎申请居然也是那天批下来的……简直比人家情人节提分手的还可恨！要不是因为宝宝，我当时就想拿刀砍人了……

朋友B急忙劝道：算了，就当作缘分已尽。你砍了他也没用，下手重了还好说，要是只砍个残疾，还得照顾他一辈子呢……要我说，你就当作被休了吧，一夜回到结婚前，好好琢磨下怎么分家产才是重点……

说到分家产，这里并非不想八卦下去，只因截止完稿前，妹子还在跟其老公纠缠，妹子的律师还在跟其老公的律师商议，甚至妹子的老爸也还在跟其老公的老妈争论……所以接下来还是跟大家聊聊休妻吧。

对此，有劳于各类影视剧，大家一点都不陌生，甚至可以说跟“纳妾”一样，为大多数男士所羡慕的两大古代婚姻制度之一。简言之，因为只要心够狠，一纸休书就可以让人滚“粗”太平洋（所谓的七出也是扯淡），从此生死不相关、富贵两相忘。

当然，除了休妻，古代还有两种离婚方式，那就是：“义绝”及“和离”。据《唐律户婚》上记载：义绝是指夫妻任何一方对另一方一定范围内的亲属有殴打、杀伤等行为，就被视为夫妻恩断义绝——疯狂李阳对其前外国娇妻的疯狂做法就是这样了。

至于“和离”，顾名思义是指夫妻双方说好了、谈妥了，和平友善地离婚。放到现在就是好聚好散、协议分手，靠谱点的更类似于《非诚勿扰》里香山和芒果办的离婚大典。

由此可见，虽说千年修得共枕眠，可离婚在古代也是较普遍的事情。最著名的例子就是“天不生此公就万古如长夜”的仲尼哥了。据可靠野史记载，孔子家三代都有出妻史——也就是说，孔子本人、儿子和孙子均离过婚，简直就是心理疾病遗传的典型案例，也难怪孔子常抱怨：唯女子与小人难养矣。

对于孔圣人的圣言，不知大家是否有同感。记得去年我写过一篇《恐婚还是渴婚》，跟朋友们聊了婚前的现象，大家的反应比较热烈。看来普遍都跟我一样，有着类似的困扰。

如今一年多过去，不知道当时这帮恐婚或渴婚的朋友，是否已经成功或被迫地步入了神圣的殿堂；更不知道有多少朋友，正遭遇着各种各样的问题，并费尽心机地往围城外闯。当然，我个人不希望大家对本文产生太多共鸣，最好就是隔岸观火引以为戒，或付之一笑各家静好。

前不久，大嘴姚跟她老公的肥皂剧又有了新的剧情，比她演的电视剧还要轰动，有兴趣的朋友可以去问度娘。如果真如所爆内幕那样，大嘴姚一直给人戴绿帽子，而且还是无法控制的、身不由己的，那这个婚离得也算是件善事。只是，当年很多不明就里的朋友，说因此不相信爱情了，更不相信婚姻了，确实像因噎厌食的人一样可笑。可是，在我们身边就是有这样一群人，比如说作家野夫就是一个坚定的无婚主义者。

此公断言，婚姻制度是要解体的一种制度，并且声称五十年后，婚姻很可能就不复存在了，并拿荷兰为例，说他们那儿的老百姓如果想在一起就签同居协议，然后可以闪电分手，有纠纷就按协议来，完全不需要去民政局花那九块钱。对此，我除了很羡慕此公能够出国到美丽的大风车国之外，并没有听到什么更多的东西。要知道，每个地方的文化都不一样。文化跟科技不一样，没有初来乍到领先全球，只有在适合的土壤里才能种出自己的花朵。

“有种，有趣，有料”是热门脱口秀《逻辑思维》的节目宗旨，贯彻得也较为彻底，吸引了不少观众，当然也包括我自己。

据罗胖其中一课《女神是如何炼成的》谈道：两个人最后在一起生活，如果最初是因为女的倒追男神而搭上线的，婚姻就容易出现不幸的情况。因为从心理学分析，人一旦遇到问题就会否定当初的决定。正如《武林外传》里佟湘玉所絮叨的那样：我从一开始就不应该嫁到这里，如果我不嫁到这里，我的夫君就不会死……

带着这套理论，我试着了解了我那朋友之前的恋爱史，发现果不其然。婚前她对男友是非常包容的，很多事情都百般退让，闹过几次分手都是她极力挽回。可是婚后，特别是有了宝宝后，她开始正常化待其老公，而且积累多年的不满也在作怪，于是便开始问题连连。

对此，女性同胞，特别是那些信奉“女追男隔层纱”的朋友，似乎该琢磨出些什么呢?

总的来说，人活一世，白头甜腻到老固然是值得期待的版本，但如果实在走不下去了，也不要勉强，当断则断，等过完今年春节、等孩子高考结束、等出轨在外的浪子或娘子蓦然回首醒悟回家……干脆等中国足球队勇夺世界杯好了。

其实在这一点上，我们可以适当地学习自信的美国妇女或精致的上海大妈，活到四五十岁还打扮得像是初恋一枝花，骨子里坚信离婚未必就是受害者。当然，也可以学习咱古人，离婚也离得情深意切、你侬我侬，比如以下这篇敦煌出土的“放妻书”（文言文恐惧症者可直接忽视），写得那个文采肯定要比本篇斐然几倍，而且细心的读者还会发现，这其实不是个案，完全是一个代表着当年社会风气的良好范本：

“盖闻伉俪情深，夫妇语义重，幽怀合卺之欢，念同牢之乐。夫妻相对，恰似鸳鸯，双飞并膝，花颜共坐，两德之美，恩爱极重，二体一心。共同床枕于寝间，死同棺椁于坟下，三载结缘，则夫妇相和……械恐舍结，更莫相谈，千万永辞，布施欢喜。三年衣粮，便献柔仪。伏愿娘子千秋万岁。时×年×月×日×乡百姓×甲放妻书一道。”

四、弱水三千，一瓢不取

爱，之于我，
不是一饭一蔬；
不是肌肤之亲；
是平凡生活中的英雄梦想；
是一种不老不死的欲望。

——杜拉斯

在很久很久以前，以前到人类还没有学会谈情说爱，也没学会彩妆眼线，甚至还没学会直立行走……那时候的我们居然被后来的晚辈称为“哺乳动物”，并且如你所知，当时的两性关系还是非常单纯的：以“肱二头肌”著称的雄性动物上班的主要工作就是找吃喝，下了班则会花大量的时间跟兄弟叔伯们动动拳头、练练脚力，以供异性朋友们围观。

当然，对于姑娘们而言，围观只是手段，目的还是为了寻找那些在争斗中胜利的雄性，然后跟他们谈一场平淡乏味的爱情，继而缠绵悱恻且旁若无人地开始造“物”运动。

正是这样一种单纯的角色，让我们的老祖宗们穿过风风雨雨的几百万年，真正地站立了起来，并一举成了万物之王。

由此可见，人类进化成功的关键跟姑娘们颇为“挑剔”的眼光有很大关系。回到当代，面对一大帮在社会森林的残酷斗争中胜败不一的雄性，温柔美丽的姑娘们凭什么不去挑剔呢？为什么一朵鲜花要委身插在那些在竞争中失败的牛粪上呢？这跟我们与生俱来了几百万年的原始本能不符啊。

然而，有些聪明的朋友可能会立马反问道：按进化论说，繁衍生息同样也是生命的重要本能啊。老挑来挑去、高不成低不就那还怎么结婚生子啊，怎么繁衍进化呢？

说实话，对于这个问题，我也非常困惑，不过在真正想明白之前，我想先给大家举一个例子。

在我的部门里，有一个奔三的女同事，单身多年，跟我关系还算不错，长相裸妆偏上，上妆选美有余。那晚部门聚餐，她喝多了，我送她回去，其间她跟我透露了这么一个秘密：她跟公司某高层好上了，那位高层是个韩国佬，已婚且有熊孩子一枚，孩子目前跟其老妈在首尔。女同事自打毕业至今，抗日八年都打完了，却依旧没找到可婚之人，可她又特别希望有一个孩子，所以她计划跟那个她认为是真爱的欧巴生一个……说到这儿，恐怕又有人打断道：这不就是小三，说得还这么好听！不踏踏实实地搞对象，到头来是害人害己啊。

当然，本文并不想在此探讨小三大四的，只想说如果同事的做法成功的话，起码解决了上面那位兄台的疑问。不过话说回来，剩女的产生其实就是“挑剔和繁衍”两种本能之间的博弈。至于哪种本能会占上风，跟我们所居住的城市有着很大的关系。

就我个人的生活经验而已，大城市的剩女要远远比二三线城市的多，我曾经在一至四线城市待过，对未婚女性又特别有兴趣，所以一比较便可轻易得出这么个结论：城市越小，结婚越早，剩女也就越少。

这一点上，恐怕也得到了大数据的证明。珍爱网曾经进行了一份2680人的抽样调查，调查显示：无论是28～31岁的“必剩客”，还是31～35岁的“剩斗士”，抑或是36岁以上的“齐天大剩”，北上广深所占比例都高居全国城市四甲。

总的来说，那些手上多少有些筹码，姿色也算OK，并且大都集中于一线大城市的姑娘，都可称为“黄金剩女”。

据我所知，黄金剩女之所以挑花了眼也不屈就，恐怕也是身不由己的。谁不想早日“欲做新娘喜欲狂，浓施淡抹巧梳妆”？！可在环顾四周之后，发现要么“妾有心奈何郎有妻”，要么就是“实在没感觉，臣妾实在做不到”啊。

要知道，相对于几百万年前的老祖宗，当代人不仅仅只选择战斗力最强的男性，在其他方面也会有更多的讲究。比如说在巴拉圭北部的一个古老的部落，有个无聊的科学家曾做过这么一项调查，发现一个特别有意思的现象。大体来说是这样的，该部落的男人通常就从事两类工作：第一种就是宅在家里敲大榔头，有点类似碾米、锄田之类的重农活，这种工作的特点是工作稳定、工资中上，有点像我们这个社会里的公务员；另一种就是狩猎，经常出去跑业务，换做我们这个圈子你可以理解为卖保险的，也可以理解为外企金领。

经调查发现，虽然重农活的收入要比后者高而且稳定，但部落里92%以上的女性都声称自己的孩子是猎人的，或将会是猎人的——也不管自己是否是有夫之妇。

说到这儿，又让我想到了一个远房表妹。虽然她一定不乐意，但我还是想冒着跟她绝交半年的风险，跟大伙儿分享一下她的故事。

表妹也是奔三之人，之前跟一个IT男拍拖，恋爱了大半年。那兄台啊，我还真喜欢他，因为他人很踏实、爱笑，笑起来有酒窝，而且也没我帅，总的来说就是经济适用男，可表妹就是不开窍，硬是说没感觉，无奈只能一拍两散，各奔东西，不久IT男就找到对象结婚了。

与此同时，她也找了个非常心仪的男人，并且跟他生了娃，可是两个人并没有结婚，也没有在一起生活——用表妹的话说，那人只是暂时不想结婚而已。

近日，表妹很苦恼，时常会在微信上跟我抱怨：表哥，我的肠子都悔青了，早知道就不分手了——但我知道，如果她选择了IT男，依旧会跟我抱怨肠子的问题。唯一不抱怨的解决方案就是，期望孩子的老爸像《倾城之恋》里那多金潇洒的范柳原一样，也遭遇一场触目惊心的劫难，然后安心回家做暖男。

在《红楼梦》的九十一回里，面对黛玉一口提出来的有关“宝姐姐”的六个问题，宝玉在思索半晌后大笑道：“任凭弱水三千，我只取一瓢饮。”顿时把黛玉哄得“低头不语”，芳心大悦——当然宝玉的情话不能信太多。这样的富二代很多时候就是一种祸害，但即便这样，我依旧相信在那一刹那，宝黛双玉都坚信那是爱情。

为了这样的爱情，黄金剩女们已经在漫漫长夜中坚守了多少岁月呢？又将继续在茫茫人海中守望多少年华呢？

不管如何，自己选择的路，即便孤独前行，还是要勇敢地走下去，而且要大胆地走出去，正如《非诚勿扰》里那些换了一轮又一轮的24位嘉宾，毕竟剩女不应该是宅女，酒香也怕巷子深。

1400多年前，情窦初开的白富美窦姑娘设下擂台，比武招亲，不料机缘巧合地招来了开启大唐盛世的唐高祖李渊。时至今日，我们站在这个物欲和情欲都已经空前膨胀的江湖中，设下各种无形的擂台，即便招不来那王侯将相、招不来那明星土豪，也应该带着最无可救药的乐观心情，去挑选那心仪的白马王子。

在《西游降魔篇》最后，有这么一段话：“男女之爱也包含在大爱之中，众生之爱皆是爱。曾经痛苦，才知道真正的痛苦；曾经执着，才能放下执着；曾经牵挂，才能了无牵挂。”

就让我们放下那些未知的恐惧，带着一颗勇敢的心去寻觅，坚信一定会找到生命的另一半。即便有一天徐娘半老，风韵难存，甚至人老珠黄，也可以笑着对自己说：“爱，之于我，不是一饭一蔬，不是肌肤之亲，是平凡生活中的英雄梦想，是一种不老不死的欲望。”而对于这样的爱情，我这辈子都从未停止寻觅过，即便有过错过的遗憾，也能够无怨无悔地一笑而过。

五、爱情里除了稳扎稳打的诗和远方，还可能有劈腿和人肉的苟且

（1）

最近有一则热门新闻，说是一位漂亮的女大学生，虽说名花有主，可还是跟一个认识才二十多天的大四某社团主席发生了性关系，尽炫劈腿技能。

遗憾的是，技能虽好，但保密工作欠佳。也不知道怎么的，事儿就走漏了风声，然后被网友疯狂人肉。人肉出来的聊天记录更是淫句频频、金句连连，即便渡边淳一再世，也得叹为观止。

毫无疑问，这位女主的男友很快就会知晓此事。紧随其后的，会是怎样一幅鸡飞蛋打的画面呢？大家可以脑补一下——到底是瞬间变成怒不可遏到要撕碎一切的“绿”巨人，还是躲在黑暗里筹划着PK超人的蝙蝠侠呢？

事已至此，都已经不重要了。

对此闹剧，其实我并不想说当年的我们怎么样怎么样，洁身自爱，守身如玉，拉个手都能遗精，接个吻都怕怀孕……现在的孩子怎么怎么这样，观念开放，贞操放荡，话不投机床上再聊，一夜情深深几许……说得我好像来自远古世纪的大叔一样老派而迂腐，闷骚却装纯。

须知道，时至今日，在卖场的更衣室可以有“优衣库”事件，在人流密集的地铁站可以有“春宫图”现象，甚至在我们的网络直播间都可以有直播“造人”的运动，更别说早就有不少通过“方便用户约会而开发的APP”起家并一路发展到去纳斯达克敲钟的公司……

也就是说，我们这个时代的爱情，早就不是只有稳扎稳打的诗和远方了，而是到处充塞着劈腿和人肉的苟且——当然这里的人肉，不仅仅指的是网上信息的公开，更是实实在在的偷尝禁果，肉欲横流。

（2）

根据最新数据表明，“未婚先孕”和“人工流产”两大现象正严重威胁着青少年的身心健康。与之形成对比的是，初婚的年龄正在连年推迟，离婚率更是七年来不断飙升。

也就是说，年轻人及时行乐和不爱担责的价值观，正成为一种新的恋爱“时尚”。

据北京青苹果心理咨询热线反映，每逢开学后的一个多月里，每周都会有上百个电话咨询怀孕的相关问题。

另外，该机构还有一个医生声称，他此前去广西南宁讲课的时候，一家私人诊所的医生告诉他，在其诊所做人流的女孩年龄越来越小，其中最小的只有9岁，而且还是一个13岁的男孩领来的，那孩子咬着牙说他会负责。

由此可见，别说是大学生，即便是未成年人之间的爱情，也不再是局限于拉拉小手、吹吹夜风、看看星星的小浪漫了，而是充满着各种劈腿，甚至三角是非的大制作。

我有个堂妹，是个典型的爱情主义者。在学校读研究生的时候，男友劈腿了，而且还正好赶上她意外怀孕，被迫流产。她一怒之下，就想着吃安眠药自杀，幸好被舍友发现，救了回来。

此事过后，她说她再也不相信爱情了，也不愿意原谅男友，然后就一直自怨自艾地活了六年，其间还躲到日本北海道休养了两年，一度还纠结到抑郁失眠，直到去年年底，遇到了个韩国欧巴——用她的话是集李敏镐和宋仲基的帅气于一身，才慢慢地打开心结，生活开始走回幸福的轨道。

而当年的那个负心郎，在苦苦寻求其原谅无果后，一心扑向工作，现在已经是某个小公司的持股CEO了，而且马上也要踏入婚姻殿堂。

（3）

曾几何时，《泰坦尼克号》里那段经典的“You Jump I

Jump”的旷世绝恋，感动了无数的痴男怨女，但其实从本质上说，这不过是一场男小三成功上位的爱情，是一段女孩骑驴找马式的爱情——不管它被冠以多么恢宏的主题，也无论小李子和温斯莱特的颜值有多高。

当然，不可否认，这样的爱情依旧美好而值得歌颂，但这不是本文要探讨的，本文真正想说的是，爱情其实跟金子一样，从来就不会那么纯粹。

说到小三，这里有一个老段子，说的是中国新一代女性的标准：“上得了厅堂、下得了厨房；杀得了木马、翻得了围墙；斗得过小三、打得过流氓。”

这段子虽说是以调侃为主，但也从侧面反映了一个问题，那就是新时代的女性们，在感情的经营过程中，最好还是培养一些敏锐的作战意识才行。

相反，如果你一想到爱情就想到柏拉图的理想国，无法接受任何背叛，眼睛里藏不了一粒沙，一旦出了乱子，怎么能有好心态去应对呢？

对此，我们不妨参考一下“文马恋”，两口子原本也是模范夫妻，让人只羡鸳鸯不羡仙，可没想到突然跳出个小三。

试问，如果当时的马伊琍无法接受苟且和妥协，文章又无法理解“恋爱虽易，婚姻不易，且行且珍惜”，他们不早就家庭破裂了吗？而我们能说这两口子之间的不是爱情吗？

（4）

据《南方周末》报道，时下有一种新职业很吃香，月薪据说已经到了几万到十几万元不等，叫作“小三劝退师”。

但凡一种职业的产生和兴起，一定说明问题已经出现得够频繁了，因为“职业”的本质就是提供专业的解决方案。

另一方面，也说明了市场的需求已经足够大了。也就是说，有更多的客人，愿意为这项业务掏腰包。

当然，以上的爱情保卫战都是属于被动防御型的，就算能打赢，也无法保证全身而退：要么伤感情，要么伤金钱。

正所谓“凡事预则立，不预则废”，所以最好的办法其实还是预防为主。

说到预防，就是需要有起码的预设——别天真地答应男友跟美丽的未婚女同事出差，还忘了随时督查，说是相信爱情；也别天真地在把自己性欲旺盛的好闺密介绍给自己老公的同时，晚上还容忍他单独送她回家，说是相信爱情……这些行为都不叫相信，而是违背人性，因为你把一条鱼放在猫面前晃悠，还指望人家不动声色。

当然，妹子亦同理，别以为世上总是陈世美多，潘金莲少，殊不知古代有柳下惠，亦有杜十娘……所以别对女孩做任意的贞节设定，碰到会撩妹的宋仲基，怕是十有八九也会扑上去的，本文开头的那位姑娘不就是个例子吗？如果你的爱人恰好是那种传统到小鲜肉和知心大叔都无法征服的妹子，那恭喜你，好好珍惜吧。

众所周知，爱情是世上最美好的东西，多少人曾憧憬过“愿得一人心，白首不相离”。然而，爱情这玩意，绝非只是浪漫星空下的诗歌和一起奋斗开拓的远方，更包含着一种对各种情感事件的预防和可能事发的苟且……

总而言之，如果你没有准备好，依小可之拙见，还是先别碰爱情吧。

六、不二之选的爱情，终究是为了惬意不二的人生

题记：与其在爱情中“长恨人心不如水”，倒不如在人生里“一蓑烟雨任平生”。

（1）共饮三杯爱情酒

在电影《北京遇上西雅图之不二情书》里，大致讲了三种类型的爱情，相信大家在生活中也会经常遇到，它们分别是：汤唯式的、秦沛式的和吴秀波式的。

当然，地球人都知道，最终汤吴肯定是要走在一起的，所以这里要讲的是，他们交往之前的爱情。

汤唯式：色即是空。

在电影里，这种典型的姣爷式爱情让人感觉非常真诚，掏心掏肺（你也可以理解为有些二），甚至可以说是典型的赌徒心态，所以很容易把自己弄得伤痕累累。

从北大数学系的陆毅到精明的企业家王志文，再到浪漫多情的诗人……女汉子汤唯在一次次的受伤中，寻求自我的救赎，却也印证了她在电影里所说的那句话：“滚床单的热闹，最终会变成滚钉板的惨叫。”

秦沛式：执子之手，与子偕老。

这是典型的中国传统式爱情：细水长流，悠远绵长。“执子之手，与子偕老”。面对风雨，始终相濡以沫，遇到困难，从未想过相忘于江湖。从民国到当代，结婚几十年，几头驴为嫁妆，无婚书作保障，却胜过无数风光喧哗并唯恐天下不知的爱情。

吴秀波式：一切皆为虚妄。

逢场作戏，游戏人生，对一切关系不信任，天然地拒绝婚姻和亲情，像仙人掌，亦如刺猬。

以上的三类“爱情”，相互交错，看起来像是《北京遇上西雅图之不二情书》的主题，但正所谓“看山不是山”，薛导演正是通过爱情这个最具代表性的缩影，去演绎那更为广阔的人生。

因此，比起《北京遇上西雅图》，本片有着全新的视觉和高度，而这也正是导演的高明之处，毕竟我们已经见过高山，再谈爱情，一来有疲倦感，二来观众也不太感冒——起码我是不乐意再去影院看他们的爱情。

（2）独品四道人生菜

正好比一部《红楼梦》，经学家看见《易》，道学家看见淫，才子看见缠绵，革命家却看见了排满，在电影《北京遇上西雅图之不二情书》里，每个人都可能读懂不一样的人生，戳中不一样的泪点——记得那天观影，我正暗自淌泪时，旁边的女童鞋却是一脸茫然。而她哭得梨花带雨时，我却在哈哈大笑。

所以，为了找到更多的共鸣泪点，以下想特别解读一下，我从电影里看到的四道人生菜：

第一道：“长恨人心不如水，等闲平地起波澜。”

在影片中，该诗句居然没有一起出现，而是故意分了开来，并借用波叔的口吻进行了强调，可见导演别有深意。

波叔无疑是孤独的，他把自己比作仙人掌，这是一种无奈，更是一种人心面前的自我保护。而从小孤苦伶仃的汤唯，更是早早便见证了世态炎凉，尝遍人世间的千重波澜。

第二道：向死而生。

如果我没有猜错的话，这应该是导演最想表达的主题。汤唯不幸落魄街角，被追打，被债主的孩子欺负，骑着摩托在夜色下哭泣，甚至沦落到陪大老板睡觉……最终才悟出，人应该有向死而生的精神——如果死都看淡了，那生又何以为惧？！

而这一寓意，在老爷爷、老奶奶的教堂重头戏里，也曾巧妙地通过神父的口点出。

第三道：“竹杖芒鞋轻胜马，谁怕？一蓑烟雨任平生。”

此句出自苏轼的《定风波》，是我非常喜欢的一首词，此词的最后两句，大家应该更为熟悉：“回首向来萧瑟处，归去，也无风雨也无晴。”

这首词，虽然只在电影里出现过一次，却轻易撩动了我的心弦。因为不管是向死而生，还是“长恨人心不如水”，抑或是“去国还乡，满目萧然”，最终定义的焦点都是“怕”，怕生活，怕人心，怕乡愁……而该词，却教会了我们不怕不畏，豁然之情扑面而来。

第四道：“此心安处是吾乡。”

同样是出自苏轼的诗句，电影里曾多次说起，亦是我的泪点之一。

在电影里，作为赌场小虾的汤唯和异国大牛的波叔其实都是到异乡为异客，急需融入当地的生活，找回自己的归属。

然而，“心安之处”又岂是那么容易寻得？！

另外，当波叔问爷爷，你知道什么是爱，什么又是珍重吗？秦沛倔强地说：“此心安处是吾乡。”

而在影片结尾时，秦沛的骨灰被撒进江湖后，其爱人也说：“人在哪儿，家在哪儿。”

波叔追问道：“那人不在了，家在哪儿？”

老人笑了笑，没有作答，而是把波叔的手放在了其心口。

（3）熟悉的配方，惊艳的古风

当然，除了爱情和人生相映成趣之外，电影还有其他值得细品的地方。

首先，谁也别拦我，吴大叔的演技必须打99分，少给的

1分是因为我去参加广州电影发布会时，双手都快挥断了，他都没让我回答问题，而是专挑那些年轻貌美、眼睛还冒着光的女大学生。

其次，整部电影的画风沿袭了第一部的高水准，场景也非常美：从洛杉矶到澳门，再到伦敦的查理十字街84号，处处彰显大制作之风范。

最后，不得不提的是，古诗词的运用确实巧妙，除了上文所列举的诗句之外，还有很多：“若教眼底无离恨，不信人间有白头”“渴不饮盗泉水，热不息恶木荫”“黄沙百战穿金甲，不破楼兰终不还”……文艺青年如我，文化达人如你，随时有被秒杀的节奏。

另外，如果你恰好是大叔的忠粉，那么你有眼福了，因为波叔将会有部分裸体露出，让人顿感惊艳，更让长期健身的本人深感惭愧。此外，女神汤唯的胸到底有多大，本部电影也能够从多个角度让客官一见分晓。

（4）从前慢，不管是爱还是日子

在电影里，查令十字街84号店主Mr. Thomas是这样说的：

“有时等一封信，漫长得如同一生，
但是慢一点又有什么不可以呢？
慢一点，才能写出优雅浪漫的话语；
慢一点，才能仔细寻觅盼望的爱情。”

众所周知，书信作为一种爱情的承载方式，俨然已经成了一种奢侈品。有关书信的电影，此前让我印象最深刻的是：《触不到的恋人》和《一个陌生女子的来信》，如今恐怕要多加一部了。

当然，比电影更深刻的是，我跟初恋的爱情——虽然已经分开多年，但当年那种“云信传书近千封”的感觉，即便经过了多少世事变迁，却依旧让我觉得美好而感动。

正所谓“人间四月芳菲尽”，在立夏和五月来临之际，我们迎来了这部国产诚意之作，虽略有瑕疵，但不愧为五月观影的不二之选，正所谓“读不懂的看爱情，读得懂的观人生”。

最后送上一首诗，来自木心的《从前慢》。我想问的是，亲爱的朋友，你从诗中品到的是爱情，还是人生呢？

从前的日色变得慢
车，马，邮件都慢
一生只够爱一个人

从前的锁也好看
钥匙精美有样子
你锁了，人家就懂了

七、假爱情之名，约无良之会

“人生若只如初见，何事秋风悲画扇？等闲变却故人心，却道故人心易变。”——清·纳兰性德

（1）

假设你是一个情窦初开，却迟迟被月老所忽视的姑娘，突然有一天，有一个“潘驴邓小闲”似的男人，如《大话西游》的至尊宝一般，身披金甲圣衣、脚踏七色彩云出现，对你二话不说地采取爱情攻势，并成功地在十天半月内夺得你芳心，随后第一时间跟你要求发生关系。

对此，你是横刀立马、敢做敢爱地跟他手拉着手，欢快地奔去街角的宾馆，“停车坐爱枫林晚”，因为你觉得这是对爱情的最大献礼？

还是会“千呼万唤始出来”，然后犹抱“内衣”半遮面

地成全了对方，因为你生怕如果不答应，你的爱人就会离你而去？

抑或是坚定地告诉自己，真是倒了八辈子的血霉啊，“长恨人心不如水”，十有八九遇到了一个尘世中万中无一的渣男？

（2）

如果你恰好是第三个，那么恭喜你，本文没有读下去的必要了。不幸的是，更多的姑娘却是属于前两者，比如说最近爆出来的，发生于武汉大学的那几十位被学霸成功约会的姑娘。

需知道，这位学霸虽说成绩优异（已获武大研究生保送资格），曾担任学生会主席，善于社交，油嘴滑舌，精力旺盛……但离标准的“潘驴邓小闲”还差得远呢：首先长相一般，戴副斯文眼镜，别说貌比潘安，也就是比潘长江好一点；其次说到富有，跟邓通比肯定是九牛一毛。

也就是说，此公充其量就是挨上了“小闲驴”而已。

即便如此，这样的性成瘾者，在主动向300多位女性伸出魔爪后，竟成功地约到了40多位——什么世道啊，我们的姑娘也太好骗了吧。

据其前女友透露，该学霸的约会秘诀就是打着爱情的幌子，说是给你一生一世，其实不过是one night in Wuhan。

换言之，此公假借的是爱情之名，约的却是无良之炮，确实值得全民讨伐。

不过，网上居然还有专家哗众取宠地说，都什么年代了，人家的约会行为纯属个人自由，又没有犯法！

对此，我只能说，如果这也算是权利的话，那当真是玷污了“自由”二字。

话说回来，如果这世上真有“约会权”之说法的话，那还不如前阵子爆出的90后明星约会事件呢，那才称得上你情我愿的自由。

（3）

首先，人家小鲜肉一来接近“潘驴邓小闲”的各大标准，而且摆明了就是约会鸿门宴：来就来，共享鱼水之欢；不来亦罢，早日各回各家。

虽然我一直对现在的90后那些男女莫辨的明星没啥好感（很可能是嫉妒心作祟），但该说的话，还是要说的：

正所谓情有情缘，约有约德，虽说不鼓励、不提倡，但如果确实符合男女需求，那也无可厚非。

最怕的就是那些渣男：口口声声说你是唯一、你是风儿我是沙，希望跟你缠缠绵绵到天涯，结果这一秒才滚完床单，下一秒就以忙瞎而携爱私逃。

（4）

记得几年前，我还在一个公司上班的时候，有一天一个要好的同事突然问我，最近有没有找女朋友啊？

我说我有一枚啊，异地而已。

然后他就给了我一个白眼，并果断地向我推荐了一款APP——如你所料，这是一款地道的约会软件，非常有意思：

每当用户进去之后，该APP就会像皇帝选妃一样，给你自动呈现同城各大佳丽的照片，旁边还有她的各种指标和喜好，如果你看上了就可以点赞，但你却联系不上对方。

只有刚好对方觉得你也不错，给你点了赞，即表示“郎有心妾有意”，那么你们的联系，才算是正式打通，可以互约了。

而且更有意思的是，我愕然发现，里面居然有很多的公司同事，其中还不乏几个大领导。

后来，为了积累写作素材——当然你也可以说我居心不良，总之我专门研究了各种打着交友名义的约会软件。

总结的规律就是，国内所有的交友APP，除了几个大平台，都是以约会为主，特别是那种一打开就是照片先行、文字难觅的类型。

当然，最主流的微信和QQ也未必靠谱。最近网上疯传的“《南方日报》记者诱奸实习生”事件就是在微信上进行的。记得上次我去台湾，在所住的酒店里，试着用微信摇了摇，结果发现一大堆想要约会的人，其中还不乏第三性。

由此可见，“任何的社交软件，都始于约会，盛于炫耀，亡于电商”。当然，跟大家普及这么多软件知识，并不是要鼓励大老爷们去尝试，而是想提醒所有的女性同胞们，擦亮眼睛，常怀警惕心。

（5）

由于工作的关系，我曾获知过这么一个秘密（消息的真实度非常高），说是有个男制片（非常红的一档卫视），不幸染上了艾滋病，却到处打着爱情的名义跟人约会……真是骇人听闻啊。

所以说，作为一名追求爱情的女性，如果不谨言慎行，那么你不仅仅是失身，而是在跟自己的生命开玩笑。

话说回来，既然这个世界的渣男无处不在，如何才能练就一双火眼金睛，避开无良的炮火，寻得生命中的真爱？个人拙见，可从以下三点入手：

匹配度

每一个被爱情冲昏了脑袋的人心中都有一个灰姑娘的梦。可我想说的是，一旦你的恋爱资本跟对方有着强烈的落差时，一定要特别注意了，别盲目地以为自己是韩剧里的lucky girl。

有效期

要相信时间的力量，除非你也是奔着一夜风流而来。著名的情爱大师渡边淳一曾经说过，"在人类的历史中，男人为缺乏耐性不知付出了多少代价！而女人天生善于忍耐，不知摆布过多少男人。"

小技巧

恰当地试探一下，比如可以偶尔跟男友打趣道，我是性冷淡，最讨厌啪啪啪了。要不就假装表个态，结婚前我是不会发生关系的……以测试对方的反应。

（6）

畅销书《拆掉思维里的墙》里曾说过：“你需要一见钟情很多人，两情相悦一些人，然后才会白头偕老一个人。”

也就是说，在追爱的路上，其实也没有太多的捷径可走，“最坏的是，年轻的时候见到谁都想白头到老，年老时见谁都一见钟情。”

总而言之，作为一个新世纪的直男，哪怕是约会，也要有老炮儿的精神，别再打着爱情的幌子，游走在道德和法律的边缘，以致最终害人害己。

同时，我也希望广大的纯情姑娘，在坚信世上有一见钟情更有彼此折翼的天使的同时，也要清楚地认识到，世间的渣男特别多，千万不要有侥幸的心理，转角遇到的未必就是爱，也可能是鬼。

须知道，真正爱你的人，对你一定会有足够的耐心，毕竟有一句话说得好：

“喜欢就是放肆，但爱就是克制。”

八、一万年太久，就爱我现在。

题记：“我的意中人是个盖世英雄，有一天他会踩着七色云彩来娶我……我猜对了前头，可是我猜不着这结局。”

（1）

正德十年，即公元1515年——算术好的朋友，可能会立马发现，这不恰好是五百年前吗？确实，而且当时在位的是好武善战的明武宗。

有一天，这位爷听说西域有一胡僧，能预知未来三生事，人称“活佛”，于是便派了一个名叫刘允的高级太监带着从纳税人身上搜刮而来的金银财宝，浩浩荡荡地开启了宝马自驾游，不远万里地跑去西藏接人。

可没想到的是，当时贵为第八世活佛的弥觉多吉也不是傻蛋，掐指一算，发现天朝这个鬼地方可不是什么善地，于是便婉拒了。

刘公公无奈之下，决定把人抢走，可结果没干赢，逃了回来，准备领死，可万万又没想到的是，武宗已经等不及了，先走一步，去到下世了。

由此可见，要是有月光宝盒的话，一切都会变得简单。别说是三生三世，就算是三十世的光阴，也不过是一夜之间的事情。

然而，对于至尊宝而言，这一夜之间回到的五百年前，到底意味着什么呢？

是盘丝洞变成了水帘洞？

还是藏在心底的白晶晶变成了紫霞仙子？

抑或是那脚底突然多了三粒痣，而自己原本一颗“从事山贼这份有前途的职业”的初心变成了头戴铁皮、提根铁棍、风餐露宿地跑去西天取经？

（2）

众所周知，当下的国产电影虽说跟奶粉一样，整体质量堪忧，可依旧有不少的作品能鹤立鸡群，堪称经典，比如王家卫的李安的《卧虎藏龙》、《一代宗师》等等，其中我最爱的当属《大话西游》，因为就像我对梦中情人一样，每个年龄段对它都会有不一样的理解。

仍记得第一次看《大话西游》时还在念中学，某个月黑风高的晚上，我在同学家温习功课，结果温到半路就温到了电视前，随后邂逅了紫霞仙子，继而毫无抵抗地爆笑至凌晨，弄得我妈和我那正在备战高考的老哥在小城里到处摸黑找我——后果如你所料，回到家被我妈胖揍了一顿，其间我脸上一直挂着神秘的笑容，吓得我妈还以为把我给揍傻了。

后来长大了，念大学了，赶时髦了，墙脚被挖了，失恋了，一个人躲在宿舍里看《大话西游》，看得是笑泪交织的，弄得舍友还以为我受刺激过大犯了失心疯，差点没把我前女友给押回来救命。

时间继续往前走，一晃来到了2014年，《大话西游》时隔二十年，再次回归大银幕。这一次，除了笑中有泪之外，却意外地让我多了一层新的感触，特别是看到五百年后的夕阳武士弯腰吻完转世紫霞后的对白：“那个人就像一条狗耶。”——听起来怎么像是说自己呢?

如上所述，从爆笑到飙泪再到一声叹息，似乎见证了我那滚烫的青春、苦涩的爱情和逐渐走向平凡而不甘于平庸的生活。

“曾经有一份真挚的爱情摆在我面前，我没有珍惜，等到失去的时候才后悔莫及……”如你所知，直到伤心欲绝的紫霞仙子把剑架在至尊宝脖子的一刹那，后者依旧认为他还在说一个天大的谎言。

可他没想到的是，这个谎言早已变成了一粒种子，种进他心底的最深处，并迅速地生根、发芽。

等至尊宝第二次说这段话的时候，心里已经非常清楚，对紫霞的爱已经长成了参天大树，可是一切已经来不及了，他只能戴上紧箍，成为神通广大的孙悟空，“生亦何欢，死亦何苦”，再不能依恋尘世间的种种情爱了，“等你明白了舍生取义的道理，你自然会回来和我唱这首歌的”。

然而，至尊宝的命运是否早已注定？

不管他怎样努力、如何挣扎，是否都只能辜负紫霞仙子那清澈凛冽却单纯深沉的爱？

众所周知，至尊宝原本只是想做一个天天没事就搓搓澡、泡泡妞的五岳山山贼，只想单纯地爱与被爱——不管是爱白晶晶还是被紫霞爱，只想用自己的能力去保护自己的娘子和仙子，而不是愤怒地在盘丝洞前爆摔照妖镜、怒吼不想做猴子……

可是，这些看似简单的幸福和理想，对于手无缚鸡之力的至尊宝来说，何尝不是一种痴心妄想，唯有捶胸顿足，痛恨自己“没有能力做到”。

这何尝不像我们的生活，从小到大，如唐僧般的父母的絮叨，如八戒和沙僧般的周围人的期望，还有那如牛魔王般的世俗权威……让我们慢慢地放弃了初心，放弃了激情，一点一点地被磨平了棱角，失去了斗志，活得像条狗。

直到有一天，我们戴上各种紧箍，从至尊宝变成孙悟空，踏上那取西经的路，苦苦修行，慢慢养性，完成着一个男孩到所谓的男人的蜕变，学会了伪装和沉默，让自己的面目跟内心一样模糊不堪……

然而，对于这即将发生的一切，我们真的像逃不开剧本安排的至尊宝一样无处可逃吗？

（3）

2013年，柴静曾在《看见》栏目里采访过周星驰，结束前问了不少的好问题。对此，星爷两次用“运气不好”作答，似乎一下子就流露出了埋藏多年的情愫，而最后两声眼神迷惘下说出来的“谢谢”，更让人感到无限的感慨和唏嘘。

采访的具体内容我已经记不太清楚了，大家可以去百度，以下为本人的设计对白。

静姐说，你本来是一个要风得风、要雨得雨的人——这似乎一下子勾起了星爷对往事的回忆。他立马摇头否定，并眼含沧桑地说自己运气不好（对此，恐怕没有人会认同吧）。

正说到这儿，静姐突然巧妙而八卦地打断道，是不是因为当初有一段真挚的爱情，你没有珍惜而已啊——这样的问题，星爷当然是不便直接回答了，但也被静姐的抢问给逗乐了，然后再一次强调，自己是运——气——不——好，如果可以重来的话，就不会让自己活成劳模了。

静姐随即问道：

“那你要把时间留下来干吗呢？”

星爷苦笑一声，摇头不语。

两年前，因为工作关系，我在新德里待过一个夏天，当时招待我的是一个长期驻于当地的同事，此公乃广西柳州人（那个地方盛产棺材），平时很努力工作，吃喝非常节省，不打牌不抽烟，只看A片不嫖娼。当然，这些都不是重点，重点是他非常有理想，说要赚够100万，然后买房买车，风风光光地把爱人娶回家。

我顿时好奇了，问他，这是你爱人那边的习俗吗？他说不是。我继续八卦道，那是你爱人要求的吗？他说也不是啊，要我说，她估计下一秒就想结婚。

那为何？

同事神秘地笑了笑，说这样才能过自己那关，有资格和资本给女友带来幸福。

我心想幸你妹啊，100万有那么好赚吗？！结果一语成谶，同事在印度吃了三年咖喱，从相扑身材熬成了一个模特体魄，带着100万回家，女友乐开怀了，并且火速答应了他的求婚。

可万万没想到的是，结婚没两个月女友的肚子就大了，他一怒之下就回老家买了套棺材快递给孩子的亲爸……

由此可见，爱情这种东西，既要在乎天长地久，也要在乎那朝朝暮暮。当然，对此我是深有共鸣的——你要爱听的话，我能给你说到明年清明。

（4）

其实在对周星驰的采访中，柴静还问过这样一个问题：

你为何要在《西游降魔篇》里冒着抄袭自己的骂名，引用多年前的那段对白呢？

星爷说他对这段话有情结，想通过唐三藏说出那十九年没说出的话：

“第一次见到你就爱上你了。”唐三藏抱着将死的段小姐痛苦地说道。

“有多爱？”段姑娘问。

“好爱，我没有一天不想你。”

“爱多久？”

“一千年，一万年。”

“一万年太久，就爱我现在。”说完这句话后，段姑娘就先去西天了。

就是这样一段深情的对白，试问已经五十多岁却还依旧形单影只的周星驰到底想说给谁听呢？

如果重新来过，至尊宝终究还是逃不开命运的安排，变成那西行取经的孙悟空，但他一定会说出那段深情的告白，哪怕爱不到一千年、恋不够一万年，至少紫霞可以从“现在”开始被爱。而且我也乐观地认为——或许可以说坚信，这种爱一定会冲破世间的种种束缚、生活的条条羁绊，甚至是生死之间的无数次轮回。

如果重新来过，运气又足够好的话，我们到底要把时间留下来给谁呢？

或许一万年太久，只争爱你的朝夕。一辈子太短，不忘疼你的初心。

九、非我性类，其心必异

题记：“我们愤怒，但不知道愤怒什么，我们想要改变，又不知道要改变什么。”

（1）

昨天爆出一个新闻，很有争议，说是前不久长沙某对恩爱的男同性恋开开心心去领证，结果被无情地拒绝了，然后他们就一纸诉状，把民政局告上了法庭，昨天法院正式开庭审理此案。

这一案件也被称为中国“同性恋婚姻维权第一案”，如果不出预料的话，结果肯定会败诉，但这不重要，重要的是能够引起更多人的正面关注（比如说本文）。

这让我想到了2014年10月，我去台湾，没有幸运地碰到韩寒在《来自太平洋的风》提到的各种好人（比如拾金不昧的司机和不计小利的眼镜店老板），也没有碰到各种肥皂剧或综艺剧的拍摄外景，倒是碰到了一年一度的同性恋大游行。

那可真是一个声势浩大的场面啊，队伍里真是的奇装异服比cosplay还极品另类，再结合那天足以让骆驼都中暑的天气，搞到我自己都有些脑子发热，忍不住把衣服一脱，也加入这游行大军，所幸旁边的帅导游拉住了我。

后来回到广州，碰巧看到了《南方人物周刊》的相关报道，其中谈到活动发起者的心声。

他声称他们是在这个社会上找不到位置的人，虽然大家拉帮结派在一起，看似团结力量大，但其实像当年“占领华尔街”的那班人一般莫名其妙：

“我们愤怒，但不知道愤怒什么，我们想要改变，又不知道要改变什么。”

（2）

就我个人而言，第一次接触同性恋还得追溯到中学。

在此之前，对同性恋的认知就像对女性避孕药一样，非常有限，仅从电影和小说里略知一二。即便是这一二里面，也有太多导演或作家的主观思想，也就是说，笔者也不保证本篇文字所述内容均为客观。

言归正传，这位朋友恰好是我的同桌，名字叫叶芳（当然，这是一个化名），一个男孩却取了一个非常有女人味的名字，在我们那个重男轻女的小城里显得特别奇怪，不过他似乎早已见怪不怪了。

直到后来我们才知道，这个名字原来不是他爸妈取的，而是后来他自己坚持改的。

由此可见，细节不仅决定成败，还可能决定性别。

其实真正让此友暴露性取向的并不是名字，而是他的初恋——至少小芳是这样认为的。不过所幸是暗恋，而且一恋就是好几年，每周给人家写情书，文笔一般，可却情真意切，偶尔让我润色几笔，顿时“锦上添花”，能感动到不舍得寄出去，夹在语文课本里每天早上朗诵几十次。

记得当时还不怎么流行“见光死”，可后来就突然流行了——对此，我同桌也算是有所“推动”。如果没记错的话，那天还是个情人节，临近小芳的男神高考，小芳想到再不表白就没机会了，于是下定决心发出隆重的见面邀请，正所谓“月下柳梢头，人约黄昏后”，结果如你所知，人家给吓跑了——这点其实很容易理解：人家兴致勃勃地赴约，心里一直想的可是某个情窦初开、深受琼瑶毒害的小学妹呢。

为此，我那纯洁的小伙伴心碎成了二维码，为了把他安慰妥当，我还不惜陪他去吃了一个礼拜的消夜。

有了中学这段经历之后，上了大学，直至出了社会，发现身边有类似倾向的朋友也就不足为奇了，加上王家卫在《春光乍泄》中用两大帅哥给“同志”做了心理铺垫，于是便发自内心地认同该群体。

后来又读了王小波的《似水柔情》，让我对"同志"有了更多的学术性了解，知道这个活在夹缝里的群体真心不容易，特别是在那个还未开明的年代。

书里谈到当时的警察如何区分同性恋，非常有意思，比如说让你伸出手指看你的指甲，如果你是直直的拿给警察看就是异性恋，如果是手心朝上、弯曲着手指伸过来，就有比较大的嫌疑了。

类似的区分方法还包括看脚掌——当然，这些都是伪科学，起码不是严肃科学，仅作笑谈。

《似水柔情》后来还改编成电影《东宫·西宫》，这也是王小波创作的唯一一部电影。电影非常不错，把同性恋群体的那种孤独、寂寞和无奈的情绪演绎得恰如其分，可惜小波老师没能等到电影上映。

（3）

众所周知，欧美现在对"同志"群体的态度已经达到了空前开放的程度。

连我们伟大的苹果教父 2 代库克也公开出柜了，难怪iPhone plus是弯的——当然这只是个段子。

不过，事实上，名人公开出柜已经成了一个非常普遍的现象，从国家男、女总理到各类明星，再到各种著名运动员。

由此可见，在“同志”的文化上逐渐出现了以下两种趋势：

①民众对这类群体越来越认可，起码果粉们应该不会排斥和歧视。

②大家也更乐于展现自我，老在下面潜水多没意思啊。

乍一看，似乎形势一片大好，但我要告诉你，欧洲历史倒退一百多年，那时的社会可是把“同志”当作洪水猛兽去迫害和镇压的。

原因很简单，西方国民的思想一般都是由宗教信仰所支配，但在宗教里对此类群体就不那么友善了，比如基督教就认为婚姻和家庭必须由一男一女组成，任何违背上帝这个意愿的人都要受到惩罚。

《圣经》的利未记十八章二十二节里说道：“不可与男人苟合，像与女人一样，这本是可憎恶的。”因此，在中世纪的欧洲，同性恋行为被认为是一种犯罪，要被处以绞刑或者烧死。

至于佛教，因为本来就主张放下一切情欲，色即是空，所以不管是男女之间的还是男男或女女之间的恋情，都是一刀切地不太赞成，不过态度上倒没那么尖锐。

与此同时，在中国古代，人们对同性恋的态度平静而又淡漠，既无太多的溢美之词，也没有很多的诋毁指责。

值得一提的是，中国的古典文学还零星地点缀着同性恋爱情故事和诗歌，就这一点足以使西方基督传教士们大为震惊。

在李银河的著作中提到，历史记载中国最早的同性恋出现在商周时代，中国历史典籍中的《史记》和《汉书》也曾经记载，几乎西汉所有的（公元前202年到公元8年）帝王都有同性恋人。

当然，那时候人家还是比较尊重同性恋的。其中最著名的典故莫过于“断袖”了，故事的大概是这样的：汉哀帝与董贤共寝，董贤压住了皇帝的袖子，皇帝不忍惊醒他，于是“断袖而起”，可见恩爱之深。后人于是就用“断袖之癖”来形容同性恋关系。

后来的历史大家都知道，特别是从1966年开始，同性恋遭遇了历史上最严重的挫折。当时的政府认为同性恋是一种精神疾病，并且会让整个社会蒙羞。

此后，同性恋行为被认定为流氓罪或者扰乱社会秩序，同性恋者不得不转入地下活动。

由上可知，中国古代文明跟欧美当代文明在对待同性恋这一群体的社会包容性上有着类似的地方，乍一看，一进一退，倒有些黑色幽默的成分。

所幸，现在我们这个社会对于同性恋也逐渐有了更文明的认识。当然，其中少不了公众人物（如蔡康永）的榜样作用。

（4）

自称这辈子“接了2万个同性恋热线”的张北川直问：“人有没有性和性别选择的自由？应当尊重。其他的事，都是小事。我们要提倡和鼓励的是，一个人愿意怎么生活，不是他应该怎么生活。这样有利于困惑中的人们展现自我。这种轻松的自我状态也有利于性的少数派为整个社会呈现自己和做出贡献。”

这样的话，在欧美和亚洲说说就好，大家听不进去也不会怎么样，然而在某些地方，恐怕就未必了。前不久《每日邮报》报道，叙利亚一名男同性恋被ISIS处决。他们起先是将他蒙上眼睛推下7层高塔楼，但是这名男同性恋者并没有摔死，随后他们对这名男子施以石刑将其砸死。

看来，这名男子真是惹上了不该惹的主，犯下了不该犯的“罪”，但事实上，人家只是对异性不太感冒而已。所幸，我们生活在一个更好的时代和国家，然而，只是一个“更好”就足够了吗？

根据统计学分析，平均20个人里就有一个“同志”（或有相关倾向），所以我相信，在我的读者里，肯定也有这类的朋友。对于这些朋友，我想说的是：如果你的环境具备了一定的宽容性，那最好不过，但如果很恶劣，我们也千万不能太压抑，拒绝做真实的自我。

前不久，还看过一则恐怖的新闻，说是非洲某个国家，为了治愈儿女的同性恋，不惜让兄弟去强奸他们，更恐怖的是，如果家里没有兄弟的话，父母还会亲自上阵——而这种现象，居然被当地的警察默许。

其实同性恋从来不是病（这个社会有病的人多的是），只是一种存在的个体而已，我们不应该因为社会而成为真正的病人，正如《X战警》里的万磁王所说：

“他们想治好我们，但我认为，我们才是治愈的方法。”

十、恐婚还是渴婚

题记：“婚姻如同穿鞋，舒服不舒服，只有脚知道。”——雷抒雁《自己的鞋子》

（1）

最近，我身边有不少的朋友结婚了（吴奇隆和包贝尔暂时不在此范畴），这是一个好现象，虽然他们有一小部分是因为姑娘肚子大了才仓促成事的，但这丝毫不影响他们脸上写满的幸福和我对他们的祝福，即便这种祝福带有一丝幸灾乐祸的意味。

另一个“最近”，我发现身边的一些女性同胞年龄开始大了，奔三在即，迟迟无主，一副花木兰的架势，要不就是女强人的干劲，白天人前坚强，晚上孤影垂泪（为配合行文力度，略为夸张，望女性朋友见谅）。开心时斗志昂扬，伤心时泪花如雨，最麻烦的是生病，甭管大病小恙，总之是千万不能生病，要是因为搬家或是加班太累导致的生病那可不得了，用她们的心声来说就是——真恨不得随便找个雄的嫁了得了！

从以上的两个“最近”，可以得出这么一个结论：

虽然我不太愿意，但我也跟身边的朋友一样，懵懵懂懂地就一事无成地活到了快要结婚的年龄，这真是一件让人沮丧的事——当然，这个结论并没有什么价值，有价值的结论是，不知从何时起，都市里出现了两拨人：一是恐婚族，视婚姻为洪水猛兽；一是渴婚族，又叫“剩斗士”，对恋爱望穿秋水。

（2）

两个人在一起谈恋爱，日子久了，套用“幸福的家庭都是相似的，不幸的家庭却各有各的不幸”的道理，结婚的理由似乎也只剩一个了，不结婚的借口倒值得好好琢磨：

有想着骑驴找马的、有“若为自由故，婚姻皆可抛”的，还有暗自盼着初恋或前任情人回心转意的……

诸般理由，不一而足，却头头“似”道。

一个人独自过日子，日子久了，借用“孤独是一个人的狂欢，狂欢是一群人的孤独”之喻义，就会发现咸淡也好、苦辣也好，都得自己品尝，不管你有多少朋友，朋友有多么交心，也甭管你有多少亲戚，亲戚有多爱你，真正一个人过日子的时候就像在做梦，不管是sweet的还是horrible的，都得自己去做，没人帮得到你。

不可否认，伟大的人类虽然直立起来走了这么多年的路，但依旧未能脱离动物的本性，总会有无助、彷徨、脆弱而缺乏安全感的时候，总希望有人可以风雨同舟，相濡以沫并不是神话，找对人扎堆总是硬道理。

（3）

众所周知，恐婚者多半为男性。在某网站对恐婚的调查中，53.67%的男人承认自己有恐婚倾向。

考虑到男人是撒谎的动物，这一数据还得往上走好几个小数点才靠谱。

究其原因，作为男性同胞，我是有发言权的，起码能代表部分男同胞发部分言——正如每一种恐惧总能找到一个根源，而且其往往是发生在小时候的一样，对于恐婚之源头，或许也应该从小时候找起。

记得小时候，在男孩圈里常常有这么一个说法，说谁要是结婚了，就一辈子都被套住了，即吊死在了一棵树上。这个说法让我们从小便对结婚没有好感，不管这棵树是州长的女儿还是奥地利的公主，性质都一样，总觉得一个人完全没有了自由，一辈子就这样过完的感觉。现在想起，虽然恐惧犹在，但其实领证前后的日子还是一样地过着，有理想的继续追，没梦想的继续混，真正的差别是什么，谁也说不清。

与恐婚族不同的是，渴婚者则多半为女性。据百合网网络数据统计，一、二线城市的剩男和剩女的比例为三七开。

数据虽不能尽信，但多少值得参考。这么多剩女，要是放在古代还是比较好对付的，一夫多妻制，现在可不行，女孩子都顶着半边天了，你要是敢二妻（就别说多妻吧），咱宪法不治你，你也别想过半天好日子。

如你所知，每个人都会老，都会有晚景，都有踽踽独行、老掉牙、拄拐杖的时候，作为一名“剩斗士”，随着热闹的生日过了一个又一个，一方面乐观地坚信总会嫁出去的，另一方面又忍不住在心底暗自勾勒出一幅凄凉的晚景图。

如此矛盾之下，难免会有病急乱投医之冲动，后果很可能没把病治好，还错过了真正的“好医生和宋仲基”。

（4）

对于恐婚者来说，被逼婚时常常拿来挡箭的一句话是：呃，这个啊，缓缓，还没准备好。

逼婚者往往会怒斥道，你还要准备啥啊？！都准备了这么多年了！由此可见，“准备”在这里成了男女双方博弈的关键词。

既然是关键词，所以有必要多费些笔墨。一般来说，“准备”可分为物质准备和心理准备，说到物质准备，就不得不提到房子。

在中国，对于绝大多数人来说，有房是结婚的必要条件，有车的话就更为充分了，但现实生活中这两大件都不是那么容易斩获的，即便是买彩票，中奖的人也都说了，得买几年才能有这运气。

至于心理准备则更为复杂了。比较普遍的一种观点是：“恋爱是两个人散打，婚姻是两家人群殴。”意思大家都懂，我也没必要展开了。

话说回来，其实以上两种准备都是小事，是局部细节，是一盘菜里的蒜瓣和姜葱，最可怕的是辛辛苦苦、拼掉老命把两种准备给办妥了，却突然发现眼前的这个人不是自己这辈子想吃的菜，那才真要命……

对于“剩斗士”而言，如果说一天到晚被家人逼婚的感觉尚可应付，那么四处把自己当作商品一样推销给任何一个异性，好不容易争取到面试机会却被爽约或是几句话对付完的感觉可不是一般的难受。

当然，自己爽别人的约和两句话把人打发走的感觉也照样好受不到哪儿去。好不容易在酒吧里逮到个对着眼和收入尚可的哥们儿，可一深聊发现其年纪比自己小一手掌，而且人家压根儿不是奔着组建社会细胞的，说得好听是要体验新的恋爱生活，说得难听就是想找个成熟些的性伴侣。

然而，对于一个“剩斗士”来说，最可怕的是为了结婚而结婚，省略恋爱期，直接从认识期冲入婚姻大堂——这无异于饮鸩止渴。更可怕的是结婚之后明明知道不是一路人还要凑合着过完，这就像不顾一切地冲进了围城，结果把自己围在了暗无天日的荒城里，从此随波逐流，岂不呜呼哀哉！

（5）

佛说，十年修得同船渡，百年修得共枕眠。当然，我们这里不是想宣传前世今生、因果循环。我真正想说的是，过日子跟电视剧不一样，特靠谱的反而不靠谱，不完美的才是更完美。

古人还教我们，花开堪折直须折，莫待无花空折枝。这句话的意思是让我们一定要了解自己到底是什么菜，珍惜好时机和对的人方能活得更灿烂。当然，也不能说看到花就伸手，也不管是不是自己爱的花，是不是手上已经摘了好几枝花了——须知道，这种后果只能用六个字来形容，那就是：玩火者，自焚之。

CHAPTER 02

第二章

更“耐撕”的生活，是死磕和妥协的平衡

一、读懂这6条建议，你的大学才禁得起挥霍

题记：“大学之道，在明明德，在亲民，在止于至善。”——《大学》

众所周知，高考极大地决定了我们的人生轨迹，“三十功名尘与土，八千里路云和月”。而泛着金色光芒的大学，则很大程度地影响了我们的一生，“雄关漫道真如铁，而今迈步从头越。”

以下6条建议，当然不是什么至理名言，但却为本人多年阅读、学习和实践所得，有些还是在工作中常年钩心斗角所学，有些在爱情或是生活中碰得头破血流后所悟。

需知道，你们是国家的栋梁，是建设未来的脊梁，是处在荷尔蒙和“力比多”分泌最旺盛的黄金时代的年轻人……

但同时，你们也可能是国家的蛀虫，是别人通往封神之

路的过客，是罗曼·罗兰口中的“二十岁已经死去八十岁才埋葬”的没有梦想的无脸人……

而其中的区别，取决于你自己。

1.你可以不去旅游，但一定要读书

有关读书之益处，古有西汉大学者刘向所云：“书犹药也，善读之可以治愚。”现有西洋大富翁巴菲特所说：“我的工作就是阅读。”

毫无疑问，读书是成功的捷径。书中不但有颜如玉，还能增加自我颜值；书中不仅有黄金屋，还可以让我们自己成为金子——当然，前提是要“读好书，善读书”。

何谓读好书，不一定要看购书网站的排行榜，但可以参考大众的口碑和名家的推荐书单：前者了解口味，后者确定风向。好书未必是沉淀过的历史名著，也可以是新鲜出炉的时下思想，如《三体》《必然》等。

至于善读书，则是以兴趣为中轴、以专业为导向，两者能够结合则最佳。“好读书，不求甚解”，“有些书可供一尝，有些书可以吞下，有不多的几部书则应当咀嚼消化”。

另外，正如一代词宗夏承焘所云：“必读书要多，案头书要少。我以为案头只能摆两本书，一本是精读的，另一本是泛读的，作为调剂。”

2.你可以不去恋爱，但一定要学会爱人

上了大学，就再也没人敢说你早恋了，所以正经地找个对象吧，但也千万别指望一口气押到宝，“愿得一人心，白首不相离”——这样的爱情，需要的是际遇，是缘分。

倒不如，一门心思地找个“春水初生，春林初胜，春风十里不如你”的人，一起风花雪月，相濡以沫地走上一段风雨人生路。

著名的日本作家渡边淳一，曾在复旦大学的演讲中说道：

“爱情是自己创造，自己发现，同时也从中发现自己。”

也就是说，爱情无法继承，爸妈给不了。爱情难以言语，韩剧里悟不到。每个人都只能亲身实践，并从中获得成长。“在人的学问里，爱与真的学问一点都没有进步，完全是从零开始要自己体验的”。

当然，如果你恰好光棍四年，也无所谓，所谓宁缺毋滥，低质量的恋爱不如高质量的单身。但一定要学会爱人，爱舍友，爱学妹，爱老师，爱父母，甚至试着去爱那些伤害过、鄙视过你的人，正如《西游·降魔篇》里所说：

“男女之爱，也包含在所谓的大爱之内。众生之爱皆是爱，没有大小之分。有过痛苦，才知道众生真正的痛苦；有过执着，才能放下执着。”

3.你可以不去兼职，但一定要培养好财商

大学生风华正茂的，去兼职很正常，一来为了加菜，二来体验生活，三来没准儿还可以认识到“做不成恋人也无妨”的朋友。

当然，如果你有很好的idea，有破除万难的雄心，而且还能组建一个能打硬仗的团队，那么创业也是一个不错的选择。

众所周知，国内正刮着一股“大众创业，万众创新”

的旋风，又恰逢移动互联网的技术革命浪潮。所谓天时、地利，不过如此。

退一步来说，如果你只想好好完成学业，争取每年拿个奖学金，并早日光荣地加入中国共产党，暂时不急着跟社会接轨，也未尝不可，但你一定要培养好财商。

所谓财商，简单来说，就是当你的兜里比脸还干净时，所表现出来的消费行为。对此，推荐大家读一本书，曾经风靡世界的《富爸爸，穷爸爸》，其核心理论就是：

富人买入财产，穷人买入债务。

总而言之，财商的作用，就是让我们在生活中更懂得驾驭金钱。毕竟我们都是社会人，每天面对着经济及金钱现象。而财商，对于一个人的富足和幸福都有着非常大的影响，其重要性甚至超过智商、情商。

4.你可以不去上课，但一定要想明白，毕生所要做的事情是什么

王小波曾经说过，人在年轻的时候，最头疼的事情是决定自己这一生要做什么。

中学时，我们忙着学业，风风火火、恍恍惚惚；大学毕业后，我们忙着捞金，日复一日年复一年，而处在这两者间的大学时光，则是一个最佳的缓冲期，为的就是想明白这件事——当然，在没想透前，我们可以多去实践、检验和思考。

其实，这是我想给大家的最重要的建议，我甚至认为这几乎是大学唯一该做的事情。至于其他的建议，都是在想明白这件事后才更有效果。

因为，一旦你真正想明白了毕生所爱，神奇的“吸引力法则”就会启动。它就像颗充满生命力的种子，在你心底种下，并不断地吸收着能量，等待破土而出的那一刻，静候枝繁叶茂的那一天。

5.你可以不参加社团，但一定要学会与人协作

众所周知，大学的社团真是多如牛毛，从舞蹈队到文学社，从帮老奶奶打扫卫生的志愿者协会到帮人牵手的红娘部落……很多同学去参加社团，一是兴趣所致，二是为了认识姑娘或学长。

但不管是哪个社团，都需要与人协作，这是一个非常重要的能力。毕竟大部分同学都是要走向社会的，也不打算去终南山修道成仙，所以与人协作必不可少。

记得我以前在校队踢球时，一开始是雷打不动的主力，后来慢慢就变成了替补。原因很简单，那时的我喜欢单干，典型的个人英雄主义，总想着一个人解决战斗——可如你所知，足球从来就不是一个人的战斗。

须知，人类之所以能够称霸地球，成为万物之灵，很大程度要归功于工具的使用和团队协作能力，要不干吗不是狮子来统治地球呢？哪怕是美国队长，也有一个复仇者联盟啊。

而最近大热的电影《魔兽》里，也有这么一句台词：

“拯救世界，从来就不是一个人能够完成的任务。”

6.你甚至可以偶尔不睡觉，但一定要养成锻炼身体的习惯

我不想给你举太多过劳死的例子，只要你想看，新闻上总能找到，而且还有很多你看不到的。我舍友那公司，知名外企，她前后做了不到三年，就有两个同事因身体原因猝死——当然，这些新闻都不会报道。

不过说到这儿，有些同学可能会说，那都是上班族的事，跟我们无关啊！所以他们宁愿花时间在宿舍里玩一晚上《魔兽》，也不愿去运动场上跑一圈。但我想说的是，大学期间都不打好身体的基础，养成运动的习惯，入了社会后有这个心思才怪呢。

据专业的财经杂志报道，93%的成功人士都有一个比较厉害的体育特长。无独有偶，英国有一家专业投资公司，曾对2000名各行业领域的普通工作者进行调查，结果发现，其中超过67%的人表示，自己大学时从未参加过体育运动，毕业后经历过失业窘境。

另外，著名的牛津大学有一个久负盛名的罗德奖学金，其招生有四项标准，其中一项就是喜爱体育，最好有运动成就。他们认为，这样的人往往具备优秀的心智，是值得栽培的未来领袖。

原因很简单，爱运动的人一来有坚定的毅力，二来有乐观的心态，三来有健康的身体，四来有明确的目标——这样的人，不成功才怪。

总而言之，你们正处在风华正茂的大好时光，但这美好的四年，也可以说是转瞬即逝，你甚至来不及体会青春的滋味，它便已经散场，正如当年乔布斯在斯坦福大学演讲所说：

“你们的时间是有限的，所以不要把它浪费在重复他人的生活上。不要被教条束缚……最重要的是，你要有勇气去追随你的心声和直觉。”

因此，送上以上6条建议，希望你们在大学尽情挥霍的同时，不忘找到自己的心声，更希望你们在大学结束后，能够找到值得自己热爱一生的舞台。

二、把努力交给鸡汤，把爱情交给红娘

题记：“佑者助也。天之所助者顺也；人之所助者信也，履信思乎顺，又以尚贤也。是以自天佑之，吉无不利也。”——孔子

（1）

众所周知，中国古代有“三姑六婆”之说。

“三姑”分别指的是：尼姑、道姑和卦姑。至于六婆，这儿就不一一列举了，只想聊聊其中最有名的那一位：“媒婆”——后因《西厢记》而被雅称为“红娘”。

正所谓“颦笑浅，双眸望月牵红线”，红娘这一职业，在中国古代，影响力可不容小觑。须知道，在那个长袖飘飘的年代，几乎任何人的婚姻，都要经过红娘大人的“手续”。

没有“媒妁之言”的婚姻，是不被家庭和社会认可的，更别说祝福了。《孟子·滕文公》有曰：“不待父母

之命，媒妁之言，钻穴隙相窥，逾墙相从，则父母、国人皆贱之。”

也就是说，红娘几乎就等同于爱情和婚姻，“夫妻匪易，契注朱绳。冰媒月妁，两性相逢。”

时至今日，如你所知，自由恋爱之风早已盛行，但红娘却依旧扮演着重要的角色。

然而，不管红娘再怎么重要，它依旧无法等同于爱情，就像我们不能把努力交给鸡汤一样。

（2）

在韩寒的电影《后会无期》里，有一句我们耳熟能详的台词：“听过很多道理，却依然过不好这一生。”

这句俏皮话，让很多人认可、兴奋，并相互传诵，似乎寻寻觅觅总算找到了自己凄凄惨惨过不好这一生的真正理由——“听过很多道理”。

于是，他们义愤填膺地扛着反洗脑的旗帜反鸡汤，心安理得地打着反教条的幌子反道理，然后继续过着罗曼·罗兰口中那“二十岁就死了八十岁才埋葬”的日子。

所幸的是，最近又流行这么一句话，让人觉得更为有趣：

“你把性格交给星座，把努力交给鸡汤，把运气交给鲤鱼，然后对自己说，听过许多道理，但依然过不好这一生。”

如你所知，这段话跟韩寒的电影台词进行了无缝对接，甚至还可以继续延伸，比如说把爱情交给红娘，把心事交给树洞，抑或是把健康交给健身房……

就这样，我们“成功”地避开了所有问题的本质，“巧妙”地找到情绪释放的窗口，并名正言顺地升级成了当代版的祥林嫂。

（3）

我有一个好友，大龄剩女，“最近有些抑郁”——这是她的原话。

具体的表现症状是，喜欢宅在被窝，但不想上微信，不想看朋友圈，甚至害怕听到电话铃声。与此同时，哪里都不想去，好友生日唱K不想去，闺密结婚也不愿出席，甚至连老家丧事都不想回。

我说你干吗了，欠人钱了？要知道，我这朋友是个北方人，身材跟长相都中等以上，在公司里是做广告公关的，在朋友的圈子里也是个豪放派的开心果——怎么可能突然拒绝一切社交呢？

她说，不是啊。因为朋友给我介绍了好多男孩都不靠谱啊，而且我最近在珍爱网上认识的3个男人，也都相当离谱：

一个富家少爷，后发现已经有一个女儿了，还没成妈就先做后妈，受不了；

一个附近城市的公务员，后发现老家有一个正等他回去结婚的女友；

还有一个则完全是打着约会的名义找她的……

对此，其实我想对她说，人总会吸引到跟自己气场匹配的人。你应该反省一下自己：是不是放在婚介网上的个人介绍没认真考究过？抑或是平时的穿衣打扮行为习性让人误会了……但我没有说出口，因为一旦说了，恐怕她的假抑郁就成真抑郁了。

记得有一句俗话说得好，“好子不贪爷田地，好女不贪嫁时衣；靠人粮满仓，靠天空米缸。”

意思是说，自助者天助，如果真心要靠别人，靠他物，首先还得靠自己。天行健，君子以自强不息，“一只站在树上的鸟儿，从来不会害怕树枝断裂，因为它相信的不是树枝，而是自己的翅膀。”

（4）

最近，我写了不少的鸡汤，而我以前可是一个坚定的反鸡汤主义者。

对此，有读者大人好奇：大叔你怎么文风突变，越来越喜欢熬汤了，不会是人生受刺激了吧——说得我好像一个刚刚失足的女青年一样。

所幸，我暂时也不打算“从良”。

其实咪蒙（媒体最近给了她一个“国民励志女作家”的称号）早就说过，“鸡汤是刚需”。毕竟现在吃肉的人怕肥，单单喝水又只能解渴。鸡汤则是相对来说最有营养的，它让我们在平凡的生活中所磨耗的那些激情重新凝聚，为再次向理想冲击加一把力。

当然，你要非得把自己的努力跟看鸡汤文的数量挂靠在一起，那确实不如不读呢。

易曰：自天佑之，吉无不利。子曰：佑者助也。天之所助者顺也；人之所助者信也，履信思乎顺，又以尚贤也。是以自天佑之，吉无不利也！

这段话的前半句出自《周易》，后面则是孔子对此的解释：哪怕真的会有老天（也可以理解为道，或规律）保佑，那也是因为我们主动做了某些事情，付出了很多努力，满足了老天要帮你的最低条件。

也就是说，在人生的路上，红娘固然需要，好运值得期待，鸡汤理应多喝，但最终，漫长的寻梦路还是得靠自己一步步地走下去，“路漫漫其修远兮，吾将上下而求索”……

就让我们遵循著名的相声演员郭德纲在写给其儿的家书中所引用的那句古语吧：

“但行好事，莫问前程。”

三、去大城市精彩地漂，还是回小城市安逸地活

题记："我认为有些人诞生在某个地方可以说未得其所。机缘把他们随便抛到一个环境中，他们却一直思念着一处他们自己也不知道坐落在何处的家乡。"——毛姆《月亮和六便士》

（1）

前些日子，大城市的房价像是一个在夜店里买醉的姑娘，疯狂地灌酒，且越喝越高，还硬说自己没醉，但随时可能扑街（崩盘），口吐莲花（割肉），落地成佛（跳楼）。

对此，有"良心"的开发商们，纷纷打出了"此刻不买房再等三十年"的口号，看来超英（伦敦）赶美（纽约）不再是梦，而是从实实在在的房价开始做起。

但令人大跌眼镜的是，央视最近居然"不识趣"地曝

光了这么一则新闻：所谓的楼市火热排队现象，不过是“房托”搞出来的海市蜃楼而已。

为了让买房的朋友不孤单，房地产商们不惜劳心劳力，花费重金请来大批五线之外的群众演员过来排队。

据说，演员的市场价在50至80元之间，外加一盒盒饭（我楼下就有几个新盘，回头去看一下能不能捞个兼职）。

不管如何，房子终究是漂族们迈不过的坎。而此次房价的飙升（或抬升），也再次引发了不少朋友哈姆雷特似的思考——到底是走，还是留？对于这座又爱又恨、又无奈又渴望的大城市。

对此，我一个多年的好基友做出了自己的人生选择。

（2）

此公年近三十，原本在一家500强外企上班，每天起得像鸡，累得像狗——当然也可以不累，但为了加班费，没办法。

即便这样，由于今年公司业绩不好，加班费也做了严格限制，收入顿时锐减四成以上。

另外，嫂子刚怀孕不久，身体一般，回老家静养去了，家庭重担都由他一个人扛着。

值得一提的是，此公正处在性生活最旺盛的时期（用他的话来说，在公司就算看到胸大些的扫地阿姨也要意淫一番），好不容易捞到的钱要不去约老情人，要不就找新妹子。

如你所知，这种事情就算是月均两三次的频率，也是一笔不小的支出。

正是在以上的各种重压下，此公决定告别奋斗了八年多的广深城市，难舍难分地逃回了江西（为了怕他老是管我借钱，我也多次劝他赶紧滚回去）。

（3）

回顾过去，我一共混迹过四座不同的城市，每座城市至少待过两年以上，都是有代表性的地方，这里简单给大家谈谈。

待过的最大的城市就是广州，时间也不短，加上读书一共待了六年多时间，见证了这里房价的飙升和飙升的房价。

另外，我在全国著名的“春城”也曾驻足过两年，收获非常大，亲身经历了那里的繁华和扫黄后的衰退，见证了不少的老虎被打，不少的工厂（最大的得数诺基亚了）和特色酒店关门。

此外，我还在悠闲美丽的珠海玩耍过两年，外加南方的一座去年才通绿皮火车的小县城。

其实这些城市都有各自的特点，而它们的变化也正是今日中国变化的缩影。

（4）

通过这些缩影，我想跟大家简单聊聊，到底是应该在大城市继续精彩而忙碌地漂，还是回老家过安生日子？

希望对正处在十字关卡的朋友有所启发：

1.房子

对于大多数的人来说，房子就像是一头房间里的大象，绝对不容忽视，不管你家的房间有多大。

大城市的房子价格普遍比较高，对于很多打工一族来说，基本无法在30岁买房，哪怕啃老啃出一套小户型的，月供也是万元上下。

当然，你也可以说，实在不行就在偏远一些的地方买，顶多承受每天上下班3小时的时间就行啦——要我说，如果这3小时用来投资自己，未来你会变成什么样，上帝都难以估量。

话说回来，如果你不打算在大城市“长治久安”，而是打算先捞笔钱再回家置业，那倒是一套可行的方案。

不过，要想从小城混到大城，就没那么容易了，而且也没有必要。

2.交通

大城市里出行靠开车就像两口子啪啪啪靠忍来避孕一样不靠谱，上班族主要的移动方式还是搭地铁和公交。

搭过地铁和公交的朋友都知道，这绝对是一个让健身房绝望的地方——不客气地说，每个经历过朝九晚五的公共交通方式的人都是一个精壮的中国人。

我叔叔是一个国家公务员，以前在增城，走路就可以上班，现在调到广州，车库有车，同样只能挤地铁，身体好了，头发不秃了，腿脚也灵光了……唯一的问题是，要挤到60岁退休（想想这画面我都醉了）。

终极的解决方案是自由职业，这也是我目前努力的方向，从此"轻松多金离家近""大隐隐于市""躲进小楼成一统"……好吧，你信吗？

3.理想

这就得看你的理想是什么了。如果理想是成就一番大事业，或者说背靠一棵大树打工，那大城市是当仁不让的选择。

当然，怀有影视和歌唱等艺术类理想的同志也必须待在这个大舞台，机会会更多些，更容易出头。

4.爱情

不要以为大城市更容易找到对象，要不然怎么会有这么多《非诚勿扰》和《我们相爱吧》。

之前天下掉下一个石头，一砸就是一把经理，现在一砸就是一大把光棍，君不见每年天猫双十一的销售额都刷疯了。

反过来说，中小城市因为圈子相对小，男人更有闲情追个女孩子，女孩子也更容易出手，而且离婚率也没那么高。

5.教育

孩子的教育和培养问题，从学术教育角度看，大城市的某些中小学未必比得上中小城市的top中小学，因为后者集合了整个城市的师资力量。

而且，大城市还涉及一个择校问题，这个问题直接跟房子有关联。

至于见识面来说，肯定是大城市比较丰富了，比如说广州，你能够亲身经历亚运会，也可以随时去体育中心看广州恒大的比赛或去歌剧院听听韦伯的《剧院魅影》，实在不行，去火车站看看蜂拥的人群，也能悟到不少的人生哲理。

（5）

总的来说，大城市如同大家闺秀一样，需要更多的花销，才能打扮得更得体，不过在一起的时候，也能风花雪月得更浪漫。

中小城市如同小家碧玉，有自己的韵味和情怀，而且相处起来也没那么大压力。

当然，人生只有一回，选择这种东西，不管怎么做都是对的，正如苏东坡所说的，“竹杖芒鞋轻胜马，谁怕？一蓑烟雨任平生。”

即便如此，作为一个理想主义者来说，我想我会一直驻守在大城市。人活一世，城市是人类文明的产物，能去闯闯最好了。

哪怕在这个钢铁森林里，我们容易迷失方向，容易在人群中孤独，叹息“一曲肝肠断，天涯何处觅知音”，甚至在无数的挫折中绝望……

然而，同样是这个繁华的大观园里，我们一旦找到了路，路就会更宽；一旦学会了独处，就会发现“海上生明月便可以天涯共此时”；一旦挺过了绝望，就会“海阔凭鱼跃，天高任鸟飞”……

四、给十年前“正在备战高考”的自己的一封信

To 十年前的我：

见信如晤，近来可好？

正所谓“衣带渐宽终不悔”“风萧萧兮易水寒”，还有三十多天就要高考了，你是不是快撑不住了？！

哈哈哈，我几乎可以确定一定以及肯定是的，因为我太能理解那种感受了。

高考对我来说，虽然已经过了一个世纪那么漫长，但其体验就像初夜（而且还是女性初夜）一样，绝对是独一无二的。

有鉴于此，我这不“云中快递锦书”来了。当然，还有一个重要的原因，那就是为了让未来的你——也就是我，能过得更好。

无奈之下，百忙之中，我从你高考前100天一直写到高考前35天，总算把信写好了，但愿赶得及，给你打上一剂强心

针——噢，不对，是六剂。

你凑合着读进一两剂，我也算是功德圆满了，阿弥陀佛。

1. 高考是一道分水岭？当然不是。顶多是告别父母和未成年的分手礼

你一定听说过吧，高考是人生的分水岭。姓肖的那个秃头班主任没少用这句话鞭策你们吧。

接下来是去武当拜师，还是去少林学艺，抑或是去峨眉做周芷若的校友？此战之后，便可知晓。

正所谓千军万马来相见，头悬梁来锥刺股，我以我血荐轩辕，练兵十二年用在三天啊。

……

但我想告诉你的是，高考才不是什么一考定终身的玩意，更不是什么分水岭，顶多就是告别父母和未成年的分手礼。

从你接下来十年多的发展轨迹来看，高考本身并没有把你跟别人分开，真正把你跟别人分开的是你高考结束之后长年累月的努力和自己的天赋性格相结合所形成的习惯。

说到这，你可能会不屑一顾，摇着头说我是个大骗子，去北大的怎么可能跟电大的一样呢？

当然不一样，不过我想跟你说的是，马云高考复读了3次才考了个不入流的大学，俞敏洪同样复读了3年才考上了北大，可后来的结果大家都清楚。

人生是一场马拉松，高考只是某个加速点而已，未来还是掌握在你的手中，不管这个加速点你跑得多慢。

所以，亲爱的朋友，带着一颗平常心去面对吧。

对了，正因为你以平常心去应战，才如愿考上了理想的大学，而且还跟你一直暗恋的姑娘去了同一座城市。

2.中学时的恋情就像是附在水上的油一样，注定是要分离的——无关乎背叛，这是人类几万年来积累的动物性使然

说到你暗恋的姑娘，顿时让我想起了当年隔壁班那个清纯好看的姓李的女同学（每次做早操的时候你都故意找她旁边的位置站，然后眼珠子直直地盯着人家做完整套早操）。

放心，你们会在一起的——而且你也放心，你们交往不到几年就会分开（具体哪年，这里就不方便说得太细了）。

对了，剧透一下：是她甩你的。

如果你为此伤心的话，我再给你剧透一个事儿：你现在的同桌不是有一个交往了两年的女朋友吗？他们后来考到了同一所大学，而且还是跟你同一所噢，他甚至成了你的舍友。他们居然能够不离不弃地继续恋爱四年，然后还双双留校读研，并且在研究生毕业和筹备婚礼前夕，成功地分手了。

言归正传，其实我真正想说的是，中学生早恋这个东西别太认真了，至少别认真到影响学业——如果你是一个纯粹的爱情主义者，那更好，拉拉手亲亲嘴就“发乎情止乎礼”吧，像宽衣解带干柴烈火这种事，千万别这么猴急。

既然是真爱，就不怕等到暑假。

3. 选一流大学里的普通专业？还是二流大学的好专业

据我所知，60%以上的学生最终的就业都跟自己的专业无关。但整体来说，一流大学要比二流大学好一些，能让你有更多的资源去了解和拓展眼光，为未来求职添砖加瓦。

比如说，我当年读的那所大学，就经常邀请诺贝尔奖得主、各类知名作家，以及李连杰、周星驰之类的大牌明星过来演讲，他们的经验分享将会大大地拓展你的思维。

对了，前几天刚好有个读者朋友问我，说自己去年高考失利了，现在在一所二流的大学混迹，看到高三时和自己成绩差不多的同学都去了上交、中大，感觉自己一辈子都毁了，考虑要不要回去复读。

对此，我的答复是，如果真能承受复读的压力，就赶紧回去吧（上文不是说过马云和俞敏洪都复读过三次）。

退一步来说，如果没有勇气去复读，那就安心地待在所谓的二流大学，争取成为这里的尖子生，“宁为鸡头，不为牛后”，扎根于自己感兴趣的领域，舞台同样大到不可估量。

最忌讳的是，两头都不沾，又两头都奢望，浑浑噩噩地过着日子。

4. 高考是一套组合拳，不要因为丢了芝麻而弃了西瓜

千万不要以为某科考砸了就完蛋了，天塌了，世界末日了。要知道，能量有守恒的定律，其他科目也有可能超常发挥嘛。

所幸的是，后来的英语、数学超常发挥，让我重新站稳。

5. 失眠就失眠吧

不用害怕失眠，睡得少不如睡得巧，要相信，没睡的话也不会影响考试发挥。我见过不少年近不惑的人一晚没睡，第二天还完美地处理几百万的投标项目，而你恰好就是这种睡多睡少都不影响你发挥的猪，所以别以此为借口——我还不了解你?

6.这是一家人的战役，但更是你自己的人生战场

不管家人对你寄予了多少的期望，并且围绕这个期望做了多少的牺牲，都不关你的事，真正关你事的是你自己要去做一件你不得不做的事情，你为之付出了努力，坚持了多年，你现在要一个over。

当然，如果你非得说自己是为了家人奋斗，那么这个家人只有一个——就是我。

大家都说，没有经历过高考的人不足以谈人生。又有人说，没经历过失恋的人不足以谈人生——考虑到我两者都经历过，所以我想跟你谈谈这一段人生：

三十多天后的高考绝对是一份非常不错的人生体验，没有好坏之分，只有好玩或无趣之别。

正所谓“雄关漫道真如铁，而今迈步从头越”。加油吧，兄弟，既然我已经知道你的未来会怎么样，这里就不祝你高考顺利了，祝你玩得开心就好。

此致

自己人就不多礼了

from　十年后的你

于广州某一线江景半山别墅区（哈哈，你信吗？十年后自己发现吧），子时雨夜。

五、酗酒论英雄

（1）

记得三年前，刚进公司的头天晚上，组织便安排了一场丰盛的晚宴。那是一家韩国企业，在业内非常知名——当然这不是重点，重点是韩国的酒桌文化对比中国来说，可谓是毫不逊色。

由于是跨国企业，加上又是新员工入社夜（韩国人管公司叫社），所以在场的大都是来自宇宙各地的新面孔，其中又以朝鲜族和汉族的黄种人为主。其间，各路江湖豪杰装作认识了多年的好友一样觥筹交错，说着不痛不痒的祝酒词，生怕落下个不合群的坏印象（新员工有一定的淘汰率）……总之，气氛不可不谓之融洽，高潮不可不谓之迭起。

酒过三巡，一个负责本次培训的疑似基佬的前辈搔首弄姿地站了起来，说公司有这么一个酒文化（具体是叫“兄弟酒”还是“义气酒”我已经忘了，总之是一个很唬人的名词），流程是这样的：

首先找一个大号的木桶，然后倒几打啤酒进去（费用充裕的话倒红酒、洋酒甚至皇家礼炮都可以），随后从级别最小的同事开始喝起——轮到的朋友必须尽其所能地敞开肠胃往死里喝，然后一直往上喝，直到在场最大的领导。

这种喝法的意义（我们姑且称之为意义吧）在于你能够为你的上司挡多少的酒，因为下面的阶层灌得越多，上面的领导喝得就越少，甚至可以滴酒不沾，只需在一旁幸灾乐祸地看热闹。如你所知，这种简单粗暴的玩法有一个金字塔阶级的寓意，而且这种寓意完全有别于当下世界主流的平等自由的价值观和我党一直所秉持的“人民公仆为人民”的治国宗旨（做得好不好不在此讨论范畴）。

所以，一听到是这种喝法，我顿时有一种羊入狼群的感觉，因为一来我讨厌喝瞎酒，特别是跟那些认识还不到8小时的陌生鬼；二来我反对金字塔的、特别是屁股决定脑袋的价值体系。要知道，舞文弄墨了这么多年，本人都是在为天下苍生的平等自由摇旗呐喊呢（至于苍生们要不要我喊不在此讨论范畴）。

幸运的是，在喝到我这里前，还有不少的貌似海量的初出社会的年轻人，他们疯狂而恣意的表演让我既感到有趣又心生畏惧……其中包括一位在我前面的来自哈尔滨的年轻女同事（必须承认有几分姿色，后来我们还成了好友）。就在我准备仰头痛饮的那一刹那，此女子“嘣”的一声倒地了，并且两眼一翻四肢一伸不省人事，随后是全场一阵寂静——不得不承认，这是我这辈子遇到过的最够义气的，为了挡酒不惜五体投地的朋友。

接下来，大家手忙脚乱地把她往医院里送（旁边的我当然也义不容辞地充当起了担夫），没想到的是，刚到医院这丫头就醒了，只见她调皮地眨了眨眼，随后轻盈地翻身下地，然后就活蹦乱跳地扭动着身姿，整个过程像是一个刚睡醒的运动员，压根没有醉酒的样子。那一刻，我真有种把她娶回家的冲动。

（2）

其实自打毕业以来，穿越在无数次逢场作戏的工作酒席间，我几乎无时无刻不希望能够回到二十世纪二十年代的美国。对此，相信看过电影《美国往事》的朋友都知道，那可真是一个美好的禁酒令颁布的骚动季节啊——当然，对某些人来说则是“美国人的个人自由被剥夺”的前夜或是“通过私酒贸易一夜暴富”的大好时机。

需要补充的一点是，所谓的禁酒令，其实并非严格意义上的不准喝酒（要真是这样，无疑是要了某些人的命），而是指“自己在家里喝酒不算犯法，但与朋友共饮或举行酒宴则属违法”。此法案的初衷是为了减少犯罪的发生，尤其是家庭暴力，可惜的是，效果远未达到预期，犯罪反而变得更为猖獗，而有些本来不怎么喝酒的朋友也加入到了偷喝队伍——这是否证明了一点：人生而崇尚自由，且有极大的逆反心理和爱吃禁果的冒险精神。这似乎有点类似几十年前，我国的同性恋被严重打压的那个时代，反而导致了更多的同性恋群体涌现。

（3）

前不久，又冒出了一个女白领在陪老板一天喝了四场酒后猝死的新闻，类似的新闻可谓是屡见不鲜，未报道出来的更是数不胜数。据世界卫生组织一组数据显示，由酒精引起的死亡人数，已经是麻疹和疟疾的总和，而且远高于吸烟所引起的死亡人数。在中国，每年大约有114100人死于酒精中毒，占总死亡人数的1.3%。

话说回来，这个社会就是如此操蛋又让人无奈，我们的文化基因里似乎有着煮酒论英雄的豪气，并且一定要通过酒精麻醉之后的掏心掏肺（也可以说是胡言乱语），才能够见到真心、划出阵营——不过这一点其实很好理解，如果有人跟我说，你干了这桌酒，明天立马给你签约十本书，首印10万册起步，并且拿跟韩寒相同的版税，我肯定也是义无反顾地喝到断片为止。所幸的是，直到目前为止，还没有哪个出版社的天才老总给过我类似的机会。

需要补充的一点是，后来我们那破公司的酒文化弱化了很多，据说是因为某个高层喝多了，再没有起来，公司处理得不好，家人闹着打官司，而且吵得沸沸扬扬的，导致那个有着十几年历史的传统项目“兄弟酒”也被取消了。

然而，并非所有的公司都可以这么幸运（我们姑且称为幸运吧），有这么一个革命先驱，让我们逃开毫无必要的酒席。记得以前我待过的一家化妆品公司，每年都要开三四次订货会，每次开会都拉客户到一家五星级酒店，流程几乎千篇一律，比如说毫无特色的领导致辞，换汤不换药或换一点点药的产品介绍，一线女明星的站台作秀……但是没有关系，会后的酒席才是全场的高潮，正所谓酒量决定销量，上千万的订单几乎都是在酒桌上喝高了拍板的。

这些年来，我被动干的酒要远远多过主动喝的，后一种情况所消费的估计不超过20支，被初恋戴绿帽甩了，肝肠寸断的时候也不过喝了一罐250ml的珠江而已。所以印象中都是不情愿地喝酒（此刻脑海中跳出的是小时候被人捏着脖子灌药的画面），记忆最深刻的要数2012年的夏天，为了留一个将要被裁的下属，请大领导吃饭。

记得那天喝得特别多，领导也吃得特别开心，但同事依旧没有留住（席间倒是谈得妥妥的）。后来才知道这饭根本没有吃的必要，因为同事被裁跟个人能力无关，真正的原因是大领导喜欢她，并且想对其潜规则，她死活不从，且态度生硬。

（4）

作家狗子曾在《一个啤酒主义者的独白》讲述了自己的京城喝酒史，附带还有酒后乱性史，描绘得可谓是绘声绘色。如果说女人是水做的，那么说这家伙是啤酒做的可一点都不过分。小说的文字有着北京文化人所特有的诙谐逗趣，总之是侃得你的肠胃痒痒的，像我这种不爱喝酒的人都想去喝上几杯。

其实，从本质上我并不排斥喝酒，排斥的只是当下的喝酒风气而已。对于啤酒，我喝得少主要还是因为口感问题，感觉苦多过于甜，印象中喝过口感最好的啤酒还是在大学毕业前夕，跟朋友去珠江啤酒的工厂参观，厂里用新鲜出炉的啤酒招待我们（任意畅饮），那种啤酒的香味即便没有冰镇，也足以沁人心脾到唇齿留香。

其实跟大家聊了这么多，无非想表达的一点是：作为万千饮料中的一种，酒应该跟可乐、椰汁、第五道菜的天地一号等一样，任君挑选，各选所爱，而不应该是“爷不爷们”的性别绑架，更不应该成为“感情深一口闷，感情浅舔一舔”的情感量筒。

所幸的是，随着岁月的变迁，餐桌上的点酒权已经逐渐从爱品酒的60、70后手上，慢慢地过渡到了80、90后那儿，这一代人有着更开放的胸怀和更多元化的审美，人们或许可以更自由地选择喝什么和喝不喝，一如那《庄子·山木》里所云：君子之交淡如水，小人之交甘若醴。

1700多年前，文艺青年曹操和草鞋王子刘备盘膝而坐，用青梅煮酒，聊尽天下英雄，一方是豪气冲天、满怀雄心壮志的霸主，另一方则是低调的暂时寄人篱下的隐龙。然而，两者的英雄气魄却早已流露在那一言一行中、那背后的一兵一将中，而非酒桌上那一碗一杯的对饮里。

六、上帝为你关了一扇门，真的会记得为你开窗吗

上个礼拜，看到一则新闻，说国企武钢计划裁员 5 万人，整个公司60%以上的员工要“撒由那拉”了。这阵容之浩荡啊，真是让人想想都醉了。

要知道，整个武汉也就是1000万人左右。也就是说，每200人里面就有一个武钢员工没了饭碗。

与此同时，人社部也发布了一个报告，说2016年的高校毕业生有765万，比去年多了16万。这还不包括700多万的非高校毕业生，他们也要马上被学校放出来抢饭碗了，所以今年被称为史上最难找工作的一年。

刚说到这儿，可能又有朋友要乐了，怎么年年都说是史上最难呢？

因为事实确实如此，每年都积累了更多的没有着落的毕业生，层层叠加肯定是越叠越高了。

更头疼的是，随着2016年的国家产能过剩、经济整体下行和企业生存环境的恶化，更多的裁员风波还会陆续来袭，谁又能够保证自己稳坐钓鱼台呢？没准儿在我写这篇文章的时候，老板正琢磨着过完清明该怎么跟我谈赔偿呢。

去年上半年，我的老上司升了职，满心欢喜，随后还跟公司签了终身合同，以为吃了定心丸，可以好好在公司干到退休，可没想到才干到年底，公司就因为整体业绩不好，硬生生地用n+1月的赔偿方案把他干掉了，一起被干掉的还有他那幸福祥和的猴年。

因为原本打算跟他一起回老家见父母的小女友突然变卦了，接下来的漫漫感情路又变得扑朔迷离了（此公已三十有五，一直单身）。

话说回来，对于那些已经失业，或即将面临失业的朋友，我想问的是，上帝在为你关了一扇门后，真的会记得给你开窗吗？

答案是——肯定会的。

但并不是直接开在你老的眼皮底下，随手打开就可以冲出去，从此努力奋斗，步步高升，出任CEO，迎娶白富美，再创人生巅峰……sorry，这是土豪和富二代的玩法。

至于像我等这样的草根阶级，上帝则会把窗开在不经意的角落，需要用心去找才行。

为早日恢复出厂默认模式，重新回归人生正轨，我认为做好以下几点非常重要：

1.信心很重要

司马迁曾曰：“盖文王拘而演《周易》；仲尼厄而作《春秋》；屈原放逐，乃赋《离骚》；左丘失明，厥有《国语》。”

也就是说，遇到人生危机，首先一定要有信心去面对，相信一定能够解决，并且坚信解决之后的人生一定会更加开阔，也只有这样，才能化危为机，化大危为大机。

每个人都会遇到生命中的坎，一帆风顺的生活只属于一摊死水般的日子，但凡流动起来都会有高有低、有转有曲。而我们在面对困难时的态度，往往决定了未来的高度——正如《拆掉思维里的墙》里所说的：

“有目标的人穿越困难航行，无目标的人躲避困难漂泊。impossible与I'm possible只差一点，那一点就是你生命的目标。”

2.继续学习很重要

随着“互联网+”的深入侵袭，眼下的时代完全可以称得上是瞬息万变，过去成功的经验可能在一夜之间变成废物。所以很多传统企业吵吵嚷嚷要转型，可是业内不是有一句话嘛：

不转型，等死。转型，找死。

但不管怎么个死法，持续学习总是最佳的应对措施。当然，个人也是一样，如果不持续地学习和吸收新知识，很快就会落伍的，从而失去竞争力。

另外，正如亚里士多德所说的，你的天赋和社会需求的结合点就是你的职业所在。所以如何在学习过程中，明确这两点之间的匹配度同样非常重要。

3.先别急着找一份工作

著名的职业规划师古典曾说过，“着急选择的后悔模式和总在等待的错过模式，都会让你不可避免地陷入‘后来’模式，在未来为自己的决策后悔。打破这种模式的最好方式就是拿出一段时间找到内心的基准线，然后等到目标出现，马上出手。”

简单点理解就是，没想好之前千万不要乱找工作，然后陷入了“找了工作—不满意—辞掉—又找工作”的恶性循环。当然，如果你都揭不开锅了、房东晚上两点都在门外敲门催租了，那还是赶紧找份糊口的活先做吧。

4.行动起来

有这么一句俗语，“与其等待下雨，不如自己浇花。”也就是说，应该充分发挥主动性，行动起来，而不是老期待天上掉馅饼的好运气，而且正如我妈从小跟我说的，就算是天上掉馅饼下来，也要赶早起来去捡才行啊。

对此，还有这么一个故事很有意思，说有一个人，冬天在户外，很冷，随即生火取暖，但火势不旺。他感觉冷，于是就对着火炉大发雷霆：“你这个破火炉，快烧旺些！你什么时候给我温暖，我就什么时候给你加柴。”

5.明白资产和负债的区别很重要

很多年前，有一本叫作《富爸爸，穷爸爸》的书非常畅销，里面讲了一些投资理财方面的知识，堪称年轻人财务启蒙的最佳教材，其中重点探讨了“资产和负债”的区别。

总的来说，就是让我们尽量多购买一些可以自己增值，特别是能换来现金流的资产，而不要疯狂购买各种负债，从而逃开“老鼠在滚动的笼子里奔跑，跑得越快笼子转得越快”的怪圈，以早日实现财务自由。

说到这儿，可能会有朋友不乐意了，说都失业了，哪里还有钱去考虑什么鬼资产债务呢？！其实，正是因为是在这个关键的时刻，更应该关注自己的财务，以免破产得更快。

最后，需要强调的一点是，我坚信上帝不管有多忙，一定会记得给每一个世人开窗（要不怎么有能力做上帝呢），而且我们只要用点心，都会找到各自的出口——如果还没找到，请务必记住以下这段史上最经典的对话：

问：你是如何走出人生的阴霾的？

答：多走几步。

七、东莞不相信眼泪

两年前，当我独自出现在这座城市的时候，心情跟那个被风吹过的夏天一样，灿烂而明媚，又如同一个准备出嫁的大龄剩女一般，欣喜却胆怯。

我如愿以偿地进了一家跨国企业，来到了这个“对某些人来说声名狼藉，可对某些男人而言却如同天堂”的地方，从事着自己喜欢的朝九但不晚五的工作（公司下班不用打卡）。

然而，我又像是一个刚出道不久的占卜师一样，手握星盘，夜观天象，朦胧却坚定地预见到：这座相对安逸的城市，不会是我的归宿，我终究还是要离开。

从那时起，我决定以“100本书”为界，把个人漂荡于这座城市的历史定义为“东莞元年”，继而给了自己深植于心的危机感。

时光如水，转眼淌过了两年，书单也于悄然间破了百，我开始考虑并尝试离城的各种可能，比如换工、辞职和调岗（我甚至申请过支援新雾都北京和土豪城迪拜）……当我以为我走不了、起码这个冬天肯定走不了的时候，生活却出现了转机——这似乎印证了“当你坚信某一件事的时候，全世界都会来帮你”的荒谬法则。

在这两年多的时间里，我见证了一个以“性文化”著称的城市如何破败、凋零，世界工厂里的工厂跟落马的老虎一样纷纷倒闭、垮台，曾经门庭若市的超五星酒店陆续关门从良，婀娜多姿的姑娘们开始寻求新的谋生方式；也见证了一个盛极而衰的公司的挣扎和寻求变革，团队解散后的人走茶凉和情意长存的相互交融……

在这些被动甚至是被迫的见证中，我成长了很多，同时也更加坚定了当初的想法。如你所知，离开的种子一旦在心里种下，便不可遏制地发芽，虽然要经受黑暗和破土而出的痛苦，并遭受那些可以预见的风雨和不可预见的侵袭，可那又如何呢？正如大冰在《阿弥陀佛》里所说的，没有任何一种生活方式是带有原罪的，但任何一种长期单一模式的生活，都是对自己犯罪。

众所周知，我的处女作是在这座城市出炉的——这毫无疑问是最让我觉得欣慰的事情。其实这两年来，跟过去的那些两年来一样，生活的主题简单而纯粹，除了工作就是理想，两条腿走路，一对翅膀飞翔，既兼顾风景，又面朝远方。

所幸的是，到目前为止，我还没有足够的理由放弃任何一个：对于理想，永远年轻、永远热泪盈眶；对于工作，努力做到见自己、见天地、见众生。正所谓有一口气，点一盏灯，有灯就有人；做一天和尚，敲好一天钟，有钟声方得始终。不念陶渊明，不忘苏格拉底，走自己的路，无怨无悔的江湖路。

记得，我曾答应过一个好友（此友是个典型的爱心公益人士，多年来致力于扶持来自五湖四海的失足女青年），如果哪天要走了，一定跟他去体验一下这座城市最具代表性的服务：找一群漂亮的技师，挑一个心仪的姑娘，检验一下她的专业技能，完了再煞有介事地聊聊她的生活，老家在哪儿、有没有“找不到父亲”的孩子、什么时候退休、从良后去哪里开店……可当这天真正来临的时候，我却发现兴趣全无，也不知道是处女座的洁癖还是上了年纪后肾功能的毛病。

不过沐足倒是体验过一回，而且印象还非常差。记得那天是被朋友带过去的，据说还是业界良心的老字号，可没想到的是，安排给我的那位姑娘也不知是太忙还是没有时间观念，我朋友都快按到一半了，她才姗姗来迟。

我心想，好戏在后头，好不容易等这么久，肯定是个好货色。结果一看，发现也太一般了，服务的态度也非常差，好像刚被酗酒的老公扇了一巴掌后逼着过来上班的。

我转念一想，这样的态度和颜值还能在当今这个残酷的以服务产业闻名的城市生存，肯定得技术过硬吧。

结果再一次证明我错了，这妹子完全没有什么过人之处，都比不上我去路边摊10元快速理发时人家顺带帮我按摩一下的手艺和热情，而且最可恶的是，她似乎真是一个日理万机的大忙人，一边心不在焉地给我按着脚，一边掏出手机跟人热情洋溢地聊微信。

后来，我实在看不下去了——真的，我有一种立马让她滚蛋的冲动，不过我还是很有礼貌地说算了，可以了，不用按了，今天到此为止了……不过朋友却是个暴脾气，见此情景，二话不说就跑去投诉人家，我劝都劝不住。因为我想啊，反正都已经给钱了，投诉也不管用了，下次不来就好了。再说了，人家说不定有什么难言之隐呢？比如说刚刚跟老公掰了，而且独生儿子的抚养权也没争到。要不就是今晚去外面吃饭时给人抢包了——说到这一点，如果没有发生，我倒特别希望她今晚下班赶上一回。

过去的两年里，我都是走路上班，因为住的地方离公司不过是一首歌的距离。不上班的时候，我会开着我的小白四处溜达，有时候是见朋友，或吃饭或踢球或喝酒或参加无聊到无可救药的派对。更多时候则是一个人，去图书馆，去咖啡厅，去剧院，去各大书店……后来，这个城市的车辆慢慢变多，失去了往日的清静，而且一下雨能把车一口气堵到深圳，我便开始无可救药地怀念起广州了。

下周我就要正式回归更堵的广州——说实话，内心还是有些不习惯的，甚至有些莫名的恐惧，或许是因为需要在万分拥挤的地铁中强身健体，在四十多层高的写字楼里看着窗外蓝天下的飞鸟发呆，抑或是觥筹交错在热闹非凡却需要处处小心的宴席上……是的，我需要重新适应一种我曾经适应过的生活——幸好，还有简书和这里的各位朋友陪伴。

毫无疑问，这是一座让我觉得幸运的城市，原因除了上文所述之外，还有一个主要的理由，就是认识了一堆朋友。

虽然在今后的路上，他们跟我不会有太多的交集，但却无时无刻不在影响着我的生活，比如说直爽果断的阿三、单纯善良的小玉、劝了我无数次去找公主的阿志、离婚后变得更加乐观美艳的小婷、一起欢快地玩耍和工作的团队、踢了两年足球的队友、老伙伴……以后有机会再单独聊聊他们的故事吧。

最后想补充的是，在东莞所待的最后几个月，我每天早上都会六点多自然醒来，然后写一个小时的字再去上班——不管前一天睡得有多晚、有没有醉酒和失眠。

对此，你可以理解为我已经上了年纪，睡得不多，但如果非要我来解释的话，我想大概是因为在我的内心深处一直坚定地认为：东莞不相信眼泪，但一定相信梦想。

八、多大了？还玩个球呀

作为一个在繁忙的工作间隙中，写字写了快十年，早恋也可以追溯到十年前的奔三狗，其实足球在我个人的历史纪元中，出现得要远远比文字和姑娘早，而且其扮演的角色也非一般的小。

但奇怪的是，我却甚少在公众号、微博、简书，以及公司44楼的茶水间等地儿谈及，似乎大脑在选择性过滤这个元素。当然，你也可以理解为这是躲在我内心里的一个桃花源，“不足为外人道”也。

然而，前阵子球友聚会，都是曾经一起装酷、一起飞的小伙伴，大家一见面没来得及叙旧、炫富、调戏班花，倒是第一时间表示了抗议，说怎么在你书中没找到任何足球的影子呀？

——其实他们的言下之意我也明白，就是希望在下一本书中抛头露“足”一下。

于是，我决定正式把足球搬出水面，毕竟是明媒正娶的爱好，而且不离不弃多年。如果只是因为担心看官绕道，粉转路人，那真是见了鬼啦——正如韩寒在《通稿2003》中所述：“这样写作文真的很累，感觉自己如同一个按摩小姐一样，自己辛苦的同时还要不断察言观色，考虑客人舒服不舒服。”

（1）

总的来说，足球这位圆润发福的老朋友，曾带给我无限的乐趣，也将继续带给我无数热血。

须知道，每个热爱绿茵场的少年都有一个“一球成名”的梦想，我也一样。中学时的梦想既不是高考状元，也不是文坛新星，而是在大学时期参加高校联赛崭露头角，并一战成名，继而成为国家队队员，为国争光，同时效力于世界上最大的俱乐部，之一也行，为家捞金，这样的发展轨迹有点像是我们后来看到的隔壁国的亚洲球王朴智星。

但如你所知，类似的中国梦几乎就等同于痴人说梦——别说是朴智星，就算是郑智之流，也是百年难遇，万中无一啊。

后来我把这个痴梦适当地打了个清仓跳楼折，变成了去足球胜地看球，最好还是欧洲冠军联赛的决赛现场，而且这种渴望远远超过世界杯。要知道，当今的世界杯早已沦为乳神、赌徒和伪球迷的天下了。

（2）

在过去的十年里，公司赞助了一个英国俱乐部，并见证了它从“名不见经传”到“君临天下江湖皆知”。

去年，公司还搞了个小朋友的球员选拔赛，被选中的可以去英国试训两周（我自己长这么老了还没去过呢），全国范围内挑20人，除去某些高层领导或领导内定的小朋友甚至已经不小的女朋友外，实际名额可能要更少，所以机会还是非常难得的。

记得在广州赛区选拔期间，现场来了不少小鬼，看着他们那天真无邪的脸蛋、轻灵飘逸的脚法以及营养过剩的身高……我就知道，他们这一代在足球方面依旧是看不清未来的。

其间，有位穿着时髦、样貌妩媚的大妈问我：你觉得孩子以后可以靠这个养活自己吗?

作为主办方的我顿时一愣，秒答：当然可以！但心情却像是要带一个刚认识不久的外国俏姑娘去听龚丽娜的演唱会一样，“忐忑”不安，老鹿乱撞。

结果这个大妈倒是挺识趣的，说其实我也不指望孩子能靠踢球养活自己，就是孩子喜欢而已。

顺着她那充满爱意的目光看去，我惊讶地发现，原来她的孩子还是个女娃——全场唯一的一道靓丽风景线。

（3）

众所周知，“足球”是一个让人觉得热血沸腾、健康向上的名词。但曾几何时，一旦把“中国”和“足球”放在一块，就像是把泰国和佳丽放在了一起，难免会让人疑神疑鬼。

其实，我也不是要黑中国足球，因为它已经够黑了，多加几勺颜料，也不会有所变化。当然，如果你硬是要说黑了，我也不想白背骂名，在此给大家奉上一个真实的故事。

话说有一个球队正在比赛，比赛非常重要，可是球场上的11个球员中有 8 个人都像是刚蹦了一晚的迪一样，恍恍惚惚地传接球，以致失误连连——如果你猜他们这几位是被人下了药的话，我也不否认，不过严格来说，不是毒药，而是赌药。

这8位兄台居然自己掏了十几万买这场比赛他们会输，不过毕竟足球是圆的，人算不如天算，竟然打平了。

因为球队剩下的三个球员都是外援，可能是由于语言沟通障碍的缘故，他们并没有被拉上一起赌球，而正是这几位国际友人，联手进了对方几个球——由此可见，掌握一门外语有多重要。

话说回来，虽说国足一次次地让大家失望（最近居然破天荒进了12强），可爱国的情愫还是要释放的，于是我们便有了名震江湖的广州恒大队，虽然后来变成了广州恒大淘宝队，希望接下来不要变成广州恒大淘宝杜蕾斯队……

总之因为有钱，所以可以任性，我们的职业联赛有了里皮后有了斯科拉里，有了德罗巴后有了马丁内斯，有了恒大后又有了苏宁和上港……正所谓热情与热钱齐飞，中外各好手共一队，呈现出一片百花齐放、欣欣向荣的光景。

（4）

这些年来，足球跟文字一样，让我认识了很多朋友（很遗憾大多数是男性），特别是到了一个陌生的环境，孤独寂寞冷，抑或是刚念中学，刚上大学，刚毕业到新公司，我都会以球会友，在把自己成功介绍出去之前，先把自己的脚介绍出去。

去年年底，非常有幸跟前国家队主力和甲A最佳射手胡志军过招，而且跟我搭档的还是现役新疆队的教练。

交手过后赫然发现，国足选手的实力果然如年少轻狂时的我所料——不过如此，认真点打谁输谁赢还未必呢，虽然我们那天对战的赛果是10:3。

总的来说，从小到大，足球其实教给了我很多东西，团结友爱、竞争之类的鸡汤就不喝了，这辈子都分不清足球和篮球的人也能谈得头头是道。

这里想跟大家分享的是“补时定律”，即比赛不到最后一分钟不能放弃，因为一切皆有可能。这一点，恐怕让很多赌球的人感触颇深。

其次，还想跟大家分享一个“适合的才是最好的”定律。

曾经有不少当红炸子鸡在一个俱乐部踢得风生水起，后来转会到另一个大俱乐部，结果就销声匿迹了，比如说“追风少年”欧文从红军跑到皇军后就只能坐穿板凳，又或是“核弹头”舍甫琴科、“金童”托雷斯高价转会去到了切尔西，可都让人大跌眼镜，前者成了“软蛋”，后者成了“托妞”。

（5）

今年开始，公司赞助了十年的俱乐部就要正式停止合作了，因为在这个有奶便是娘的时代，出现了一个更大的奶，经过评估后我们不想再做这个娘了。

其实都十年了，也该换个主人了。然而，那些曾经因为热爱足球跟我在人生的道路上相遇过的朋友呢：哒哒、黑鬼、曾未、表弟、永远的巴乔、忘了名字的后来去了美国留学的某师兄……这么多年过去了，你们还爱玩球吗？

几年前，当习主席上台的时候，大家就觉得足球有希望了，因为他本身是一个球迷。结果如你所知，随着各大企业对俱乐部的投入，足球产业是一片兴旺，今年的中超更像是吃了一剂猛药，疯狂地在全世界搜刮愿意赚养老金的当红球星。

即便如此，中国足球的未来依旧像是很多人的未来一样，迷惘如雾霾时的天空，想飞翔却找不到风口——但是，我们唯一不能缺少的难道不是无可救药的乐观吗？

正如《功夫足球》里的星爷咬牙切齿地对在酒吧里打工的大师兄说的那句话一样：我心中的那团火是永远不会灭的。

那我们就带着心中的那团不灭的火，一起燃烧到2018年的俄国世界杯赛场（或观众席）吧。

九、这位师傅，给老娘续个娃呗

最近，有关二胎放开的政策真是一石激起千层浪。要知道，这毕竟是一个心系民生且畅快人心的泱泱大国策。可没想到的是，作为一个底层的每天为了五斗米折弯了小蛮腰的老百姓，我听得更多的却是负面的调侃和讽刺，而非理所当然的拍手称赞。

对此，相信各位混英特尔圈的朋友都会发现，这几天有关二胎的段子真是跟过年时的微信红包一样，满天乱飞。我虽然记忆力不好，这里也能随便举一个出来：

昨天（政策公布）是建国以来男士最累的一晚！

上半年为国接盘，股亏；

下半年为国生娃，肾亏。

60、70后男人感慨：硬的时候，政策比你还硬；软的时候，你比政策还软！

80、90后男人担忧：老婆和老妈同时临产怎么办?

不可否认，以上的段子具有新时代的幽默感，而且还意味深长、值得品味，但却一丝不苟地折射出老百姓们的不乐意。

有关二胎政策的现实影响，官方认为会逐渐缓解劳动力短缺和中国老龄化的问题。不可否认，大的战略完全是英明神武和正确无比的，是有良好的初衷和长远的意义的，但要落实到具体的执行层面呢？或许就没那么简单了。

这里想跟大家举一个我的一位师姐的例子。此女子毕业后于广州耕耘多年，如今已三十上下——人家是女同志，具体年龄就不透露了。

记得当时，她宿舍一共有4个妹子，大家经常一起出来聚餐、爬山、唱K、斗地主，跟她们和她们部分已成为前男友的男友混得也比较开，所以这些年的联系都没断，可谓是见证了这些年来她们的青春流逝和爱恨情仇，直至徐娘半老地陆续进城，以下则是这四朵金花（以下简称为F）对二胎的看法：

F1，一个小巧玲珑兼具古典美的潮汕妹子，毕业前认识了一个典型的富二代。男友是东莞某个内衣厂厂长的大公子，家里真是有米啊，平时开宝马5系以下的车都不好意思出门。毕业不久，F1就成功地嫁入了小豪门，三年后生有一女，目前肚子里又有一宝，明年三月预产，家族的共同期望是添个男丁。也就是说，人家有钱就是任性，想生就生，该罚罚去，压根儿不管有没有二胎政策。

F2是典型的中产家庭，两口子都在大企业上班，朝九晚八九偶尔十甚至十二，目前育有一女，由男方的母亲带。目前希望添一男宝，但这个看似简单的希望都望了好多年了，碍于房小、碍于家里的带娃人手不够、碍于经济支出的陡增、碍于可能再生一个女娃……

F3是单亲家庭，老公是台湾人，平时都在台湾工作，一个月来广州一次。家里已经有一个男宝了，由F3和母亲共同照顾，有添一个女娃的打算。如果再增加一个的话，就入台湾的户口，大陆这边的计生机构暂时管不着。

另外，最后一朵金花目前未婚，朋友圈的签名是“认识的男人越多，我就越喜欢狗”。F4目前有外国男友一枚，交往两年多，但却丝毫没有谈婚论嫁更没有生儿育女的计划。当然，背后的原因跟主题无关，这里就不再赘述了。

如你所知，国家的二胎政策，对以上这四朵金花基本没任何影响。不过说到这儿，有的朋友可能要跳出来说，你这个例子都是比较极端的啦，并没有普遍性——要是你这样说，我也不反对，不过还是先给大家看看这段评论：

“二胎终于放开了，不过——70后经济能力允许生，身体受不了；80后身体还可以，经济压力大；90后条件好，不想生了；00后即便再早熟，也还不到生育年龄；10后还在幼儿园。所以要保持人口年轻活力，很难啊……”

话说回来，在中学的英文课本上，我记得有这么一句英语谚语：Better late than never.所以客观来说，从计生政策本身出发，国家还是进行了非常不错的2.0升级，让不少的小两口在进行鱼水之欢时，可以放纵地节省一些避孕套的费用。

总而言之，不管是自由地娶妻，还是自由地育儿，在追求自由的征途上，从来就是充满荆棘的：

从很多年前的娶很多老婆生很多小孩到娶一个老婆生很多小孩，再到三十年前开始的娶一个老婆最多生一个小孩，直至现在的一妻两娃，或一“不倒红旗”加若干“飘飘彩旗”搞不清楚外面有多少个娃……路漫漫其修远兮啊，却无一不见证着社会的进步和文明的发展。接下来没准不到三十年，就可以升级到娶若干老婆和生任意个小孩了，甚至恢复到最原始的五千年前的母系氏族社会——这何尝不是一件值得期待的事情呢？

十、当有人说想你的时候

前几天，跟一个同事吃饭。本来聊得还挺惬意的，突然就谈到了一个非常严肃的话题。

她说去年冬天，最冷的那段日子，收到了父亲的一条短信，说鱼儿，我想你。

类似的话语，印象中，她爸从来就没说过，也未曾写过——如你所知，我们这一代人的长辈还不太习惯赤裸地表达感情。

但她没有理会短信，甚至看完就直接删掉了——虽然她那天工作不忙，也没有遇到什么感冒、发烧、月经不调，更没有急着赶赴一场期待已久的约会，而仅仅是因为一件芝麻小事跟远在老家的父亲吵架了，怨气未消，暂时不想理会。

就在第二天下午上班时，同事突然接到一个电话，是她妈打过来的，语气忧伤到近乎可怕，说你爸走了。

听到消息的那一刻，同事的大脑如同跳闸般断电了。

她觉得这绝不可能啊！父亲还年轻啊！过了下月才53岁啊！平时经常锻炼啊，打太极、搓麻将、跟村里年轻的杀马特说啊，总之是身体硬朗、手脚灵活、算账迅速，而且年初才刚刚体检过，并无大碍啊。

后来她才知道，父亲是大清早去上洗手间的时候发生的意外。那天迎来了冬天的第一场雪，天寒地冻，地面湿滑，父亲一不小心就摔倒在硬硬的石板上，并且恰好碰到了脑袋里某根重要的血管。

其实同事平时是一个非常孝顺的姑娘，她那天原本还想着给家里转生活费的，并且跟老爸重归于好。可万万没想到会是这样的光景，真是命运无常，造化弄人啊。

她说那天接完电话之后，发生了什么事情自己都记不清楚了，只知道一直在哭，疯狂地哭，歇斯底里地哭，哭得天昏地暗，日月无光……她非常后悔，父亲似乎早有先兆地给她发了从未表达过的爱意和牵挂，可她却没有做任何理会，让父亲带着这样的遗憾离开。

我安慰她说，你是他女儿啊，你爸肯定知道你的心意，他不会怪你的。

同事顿了顿，然后很坚定地点了点头，笑着说道：是啊，他一定知道的！你知道为什么吗？！

我摇头。

因为头七那天，父亲回来了。

所有的亲人里面，他只去了我的梦里。在梦中，我们一起说了很多话，然后他拉着我的手在金黄色的稻田边、在夏日午后的暖风中走了很远很远，然后在一座七色彩虹前停了下来，跟我告别，随后安详而平静地离开了……

从那天开始，我发誓，不管何时何地，只要有人说想我的时候，我都会第一时间给她（他）打电话！

因为我知道，他（她）是真的在想我。

CHAPTER 03

第三章

更“耐撕”的人生，

是梦想和现实的平衡

一、你缺的从来不是平台，而是底线

题记：“吾尝跂而望矣，不如登高之博见也。登高而招，臂非加长也，而见者远；顺风而呼，声非加疾也，而闻者彰。”——《劝学》

（1）

前不久，《欢乐喜剧人》第二季华丽落幕了。其中最火的当属郭德纲的得意弟子小岳岳，一首《五环之歌》唱得是余音绕梁，一口相声更是说得人“贱”人爱……

其实，在参加《欢乐喜剧人》之前，岳云鹏不过是个三线之外的小明星而已，其擅长的品类（相声）也比较小众，有着非常强的地域性，其个人影响力撑死了也跨不过长江。

哪怕是出演了大热电影《煎饼侠》，也不过是跑了个大龙套而已。名气跟师傅比，那可是鹄雀之别。退一步，跟同门师兄曹云金较劲，也不能相提并论——人家好歹还在春晚火过一把。

可这趟《欢乐喜剧人》走来，岳云鹏已经火到连跟他长得像的小朋友都成微博红人了，由此可见，人活一辈子，长得好倒不如长得巧。

当然，我更想说的是，一个好的而且合适的平台，对一条鲤鱼能否跳过龙门有多重要。

（2）

毕业多年，我见过不少年轻人（当然我也没活到倚老卖老的年纪）总是抱怨说缺平台、缺好的公司、缺伯乐的赏识……如果给他一个平台，就怎么样怎么样，听起来好像给了机会，就可以上天揽月、下海捉鳖似的。

可一旦听他们把故事讲下去，了解到他们为争取一个平台做过多少努力后，你就会发现，就算他们拥有了平台，也依旧难成大器。

毫无疑问，每个人都需要一个可以发光的平台：

球王梅西当年要不是被球探挖去了巴塞罗那，现在是不是会在阿根廷乙级联赛等着挂靴领退休金？

韩信当年要不是一咬牙跟了刘邦打天下，后来是不是还在街头打架穿胯下？

小岳岳要不是跟“当年像传销教主”一样的郭德纲去了德云社，现在是不是还在餐馆端盘子？

可是，你有没有想过，会不会还有一种可能？

梅西就算去不了巴塞罗那，也可能在皇家马德里继续做球王。

韩信就算没有跟刘邦混，也可能在楚霸王项羽手下，成为一代名将，并助其赢得天下。

而我们的小岳岳，当年哪怕没有跟郭德纲，后来没准会成为另一个能够把爱马仕穿成蓝翔技校校服的黄渤。

也就是说，平台总是会出现的，能把猪刮向天空的大风也肯定会来的，关键是你的底线在哪儿?

（3）

说到底线，大家第一时间可能会觉得，你这不就是教人没下限、无节操、弃道德甚至丢良心吗?

当然不是。

其实本文所指的底线是：

你为了获取一个平台，一个机会，你所能付出的最大限度的东西。

比如说舒淇的底线可能就是拍个三级片，然后华丽转身。当然，她不去拍三级片也可能会火，但未必会火得那么快。

而著名的畅销书作家刘墉，在写第一本书《萤窗小语》时，被出版社拒稿无数次，可还是远远没到他放弃的底线，最后他决定自费出版，随后一举成名天下知。

……

也就是说，一个人的底线，就是你比别人多付出的那些汗水、泪水、尊严、脸面……

它有点类似木桶效应：最短的那块木板，决定了我们这个人生的桶能装多少水、个人能获得什么样的平台，以及最终能走多远。

（4）

在电影《当幸福来敲门》里，威尔·史密斯所扮演的父亲为了获得一个好的平台（体面多金的股市交易员），付出了比常人更多的努力和汗水——由此可见，他的底线是低于其他人的。

而且，在电影里，父亲用亲身实践告诉儿子：

“如果你有梦想的话，就要去捍卫它。那些一事无成的人总是想告诉你，你也成不了大器。可如果你有理想的话，就要去努力实现。”

在《欢乐喜剧人》第二季中，六十多岁高龄的潘长江居然也跑去了竞演，而且跟年轻人一样非常拼，为了准备节目经常熬夜到天明，甚至一把年纪了，还上蹿下跳地重学鸟叔的舞蹈。

要知道，潘老其实不太需要这样的平台来证明自己，因为他本来已经功成名就了。

当被问到为何还答应参加这个节目，他的回答是，其实还是想借助这样一个年轻人关注的平台，传递一些《欢乐喜剧人》的精神，以一个前辈的身份。

我想，这正是一个从业几十年的老艺人的底线——一旦出作品，便全力以赴，“搞笑，我们是认真的。”

所以，那些有理想的朋友们，别再抱怨这个世界没有机会了，尤其是眼下这个瞬息万变而且越来越扁平的互联网时代，遍地都是金子和伯乐。与其像祥林嫂那样，四处找人吐槽，倒不如沉下心来，拉低你的底线，全力去死磕，所有你想要的平台，终究都会为你呈现。

二、微信式孤独

题记：有一种冷叫作忘穿秋裤，有一种孤独则叫作微信被盗。

（1）

时间回到2011年，那时的我跟现在的你一样，都还很年轻，粗糙点计算的话，尚可挤进小鲜肉行列。

当时我在一家化妆品公司讨生活，负责全国的业务，主要的沟通方式是企鹅和伊妹儿。当然，骂人的话（更多的时候是被骂）还是用电话或者劈头盖脸比较有气势。

那时我还有一个女友，不吵架的时候经常熬电话粥（感谢全球通，有包月情侣卡），吵架的话则是以短信为主，最后分手却是当面对峙解决的（如果客官好奇的话，我还可以告诉你，是她提出来的）……如你所知，其实我真正想说的是，那时围绕我的一切沟通工具，都没有微信。

谁承想，2016年的今天，微信早已过完了五周岁生日，并倏地从咿呀学语的小宝宝，长成了一个参天大物：覆盖了中国90%的智能手机，月活跃用户约6亿，而且不管是上班交流还是私生活约会，微信几乎都没闲着。

不可否认，微信是一种非常好的社交工具，可以发红包、摇美女、发定位、微支付……如今还能够群视频。当然，最重要的一点是：发朋友圈。总的来说，可谓是以一己之力，灭短信，战QQ，杀微博，斗电话……

然而，微信之父张小龙却在最近的一次公开演讲表示，希望每一个用户都能尽快地离开微信。虽然此公的这番说法多少有些矫情的成分，而且还跟“黄鼠狼劝鸡晚上别出门”一样居心叵测，但从另一个角度去看，似乎也说明了一些问题。

（2）

据某杂志对10位女白领做跟踪调查，发现她们在一个月内，平均每人发送了3000多条信息。

这意味着每天发一百条左右，大概每10分钟发1条：早晨、中午和夜晚，上班时间、午餐时间、刷牙时间，涂口红、喷香水、做面膜，甚至例假期间都浸淫在了社交中……

也即是说，这群妹子们很难有超过10分钟的独处时间——真是“一刻”也没闲着啊!

如你所知，其实眼下有越来越多的人（尤其是挣扎在大城市的朋友），跟这些“社交狂”一样，在百般忙碌的工作之余，生活亦难以寻得片刻的安宁。

我们是如此害怕跟自己独处，畏惧被这个星球遗忘。我们迫切地用一切工具连接着外面的一切，只为摆脱内心的孤独。

所谓孤独，用佛教的说法是：“过去法中，曾因有情聚集而生起乐受，并熏习识海的种子，当此法谢灭，因贪着此乐受而对相应种子生起忆念，从而使心无法系于现前所缘境，即为孤独。”

换成我们能理解的话，就是之前很开心，情感有寄托，如今物是人非，寄托情感之物早已离去，于是我们希望在频繁的沟通中，找回那种情愫，无奈换来的却是点赞之交，如同蜻蜓点水，水波不兴；隔靴搔痒，越搔越痒。而这样的社交，无异于画饼充饥，甚至饮鸩止渴。

其实，从马斯洛需求理论来说，人类在满足了生理和安全需求之后，便有了更高层次的情感和归属需求，即社交需求。

然而，这里的社交更多的是一种能够通过眼神、温度、神态等多维度交流的方式，而并非虚拟的软件。

（3）

有这么一句话非常有趣，说任何的社交软件，都是始于约会，盛于炫耀，衰于鸡汤，亡于电商。

也就是说，在这种本身就目的不纯的交流下，我们越是想刷自己的存在感，就越找不到归属感。我们拼命地活在当下，却活在别人的目光里，活在一种期待中，期待他人的回复、点赞或无关痛痒的评论……

这种期待，像病毒一般侵蚀着我们并相互传染，让我们轻则变得孤独，失去自我，重则变得焦虑，难觅自由。

忘了朋友圈是从什么时候开始泛滥的，大家开始什么都晒，晒旅行风景、晒老家皓月、晒街角吃的美食、晒亲手煮的鸡蛋面、晒邻居家的狗、晒自己捡的猫……

就这样，朋友圈被彻底地占领了，而且据统计，占领它的主要是以下这四大天王：鸡汤天王、养生天王、自拍天王、晒娃天王。另外还有一批忠实的拥趸，叫作点赞狗。当然，笔者也是其中之一。

我们就像巴甫洛夫犬一样，早被驯化成了“一遇事儿就拍照发朋友圈”的条件反射，“一上菜就让手机先品尝”的谦让品德，所以，也不奇怪前不久出现的“高速路上发朋友圈被撞死”和“走路发信息掉进池塘淹死”的奇葩事件。

（4）

微信之父张小龙还说过这么一句话：“人生的本质就是孤独，以及因为避免孤独而犯的一堆错误。”

对于微信这个看似无比正确的“错误”，五年后，它还会继续活着吗？

活下来应该没问题。不过据我所知，从当下爆炸式发展的科技去看，即便活着，也不再是主流了，新的技术必将带来新的社交，正如当年曾风靡一时的微博和QQ……

而最让人担忧的是，人类的孤独，是否会随着智能文明的渗入而变得更加浸入骨髓呢？正如陈奕迅在《孤独患者》中唱的那样：“笑越大声，越是残忍；挤满体温，室温更冷；万一关灯，空虚扰人；我却不能，喊等一等。”

三、白天500强钩心斗角，晚上挑灯码字追梦，这些年我是怎么平衡过来的

题记：“我从来没有见过一个不孤独的人，发出耀眼的光芒！付出不一定马上会有回报，除非是钟点工，对于事业，傻×一样坚持，总会得到牛×的结果。”——微信之父张小龙

（1）

上礼拜，写了一篇有关成功的文章，反响不错，有不少的读者表示非常喜欢，说很有启发。

与此同时，也有一些朋友颇有微词，对文章所提倡的成功人生表示了质疑，并私下给我留言（还知道这种话私下聊比较礼貌）：

你凭什么教人过成功的人生？

你自己过成功了吗？！

对此，我觉得非常有意思，典型的“屁股决定脑袋”思维——你吃了一个鸡蛋，很好吃，你还偏要问是谁下的？莫非鸡王下的才好吃，其他鸡下的就味道不对了？

当然，话虽说如此，我还是要较真一下的，也算是感谢其他读者的信任吧。另外，刚好上周有一家公司邀请我给大学生们聊几句，主题正是“职业之路和梦想人生的平衡”，我一直没准备呢，这里先跟大家简单聊聊，也当作是提前热身吧。

（2）

首先，我目前在一家世界顶级的公司上班，去年该公司在世界500强中排名前15，全球品牌排行榜前10。

最重要的是，这家公司还是一家科技公司——对于一个科技控来说，最激动人心的事莫过于为自己迷恋的品牌工作了。

与此同时，在过去的十年，我除了上班外，还一直笔耕不辍，坚持创作。

要知道，写作这行当，家里往上数五代都没有人做过，完全没有文艺细胞遗传在身啊。

另外，我周围也没有一个亲朋好友是从文的（连报社编辑都没有）。我活在一个商业氛围远大于文艺氛围的城市——广州，而且还没有任何的友情支持啊。

所以坚持下来的原因只有一个：我很早就知道这就是我的毕生所爱，并且也相信自己有这个天分。

而且幸运的是，在坚持多年后，在没有任何背景和朋友的介绍下，单凭文字本身，于2014年实现了多年来的梦想——出书。

（3）

有意思的是，当朋友们知道我出书的时候，第一反应不是开心，而是懵圈了，完全不能理解，甚至还以为我是自费出版的。

后来，当了解到我不但没有自己掏腰包，还有几万元的稿费时，他们都震惊了，纷纷刷朋友圈奔走相告，并开玩笑说总算认识一个文艺圈的朋友了（居然忙活得忘了叫我请客）。

我记得我母亲（一个农村出身的小城镇个体户），拿到我的书的时候感动得哭了，说做梦没想到自己的儿子居然还出书了，中学时候给我订那么多《读者》没订错啊。

以上就是我过去这些年来挣扎过的人生——当然，离世俗意义上的成功——大富大贵、功成名就还远得很，但不管是到顶尖的企业工作，还是坚持不懈地在家草根创作，都是我刚毕业时一直渴望和努力的两个方向。

（4）

众所周知，鱼和熊掌一般难以兼得，但这早已是老一派的观点，眼下跨界之后双丰收的人士简直数不胜数，甚至从某种意义上来说，还成了一种必要条件。

今天，我们就来简单探讨一下，如何兼顾理想和现实，“月亮和六便士”，出世和入世？以下8点建议是我认为比较重要的。

1.信念

要相信你一定可以——如果不可以，也不是因为两条腿走路的缘故。

想当年，弃医从文的冯唐一边写作，一边在麦肯锡企业天天熬夜加班，但文坛、商海却两不误。而且我们也别忘了，当年高考时，每个人都得考多门功课呢，现在也就两门而已。

2.矛盾

要明白理想和现实是个team，起码在你这里要成为组合，正如你手中的矛盾一样，而不是你的矛跟别人家的盾，比如说我在职场上班，积累了很多好玩的事情，可用来写作。与此同时，写作又让我对工作的某些事情更有感悟，两相结合，且相得益彰。

3.长远的目标必须不动摇，阶段的目标不要太难，要尽量能够实现

要给自己定大目标，长远的目标其实就是心里的一粒种子，一旦在心里种下就会努力从周围尽可能地吸收能量，暗自发芽，总有一天会破土而出，迎来阳光。

阶段的目标要设置得合理，要能够实现，一场球赛还分上下半场呢，阶段目标的实现有助于信心的筑建。

4.对生活的其他东西做减法

人的精力毕竟是有限的。

总结一下你一天和一周下来的时间分配情况，做好时间管理，别忘了这世上还有一个“1万小时”理论：任何人只要在某件事上专注1万个小时都可以获得成就。

所以，你不要想着今天跟闺密逛街，明天参加宋仲基的party，后天又说太累了要郊游一下或者打一下游戏……丰富成这样的生活，还嚷着要平衡生活和梦想，那绝对是痴人说梦。

5.经常回顾你的小成功

过去的战绩，可以帮你赢得未来的成绩。

中国能够复兴，很大程度是因为我们曾经有大明更有大唐，骨子里相信复兴这回事。

同样道理，当年犹太人能够克服不可能完成的任务，重新抢回圣地耶路撒冷并复国成功，是因为他们曾经有一个犹太祖先摩西，受上帝之命率领被奴役的以色列人逃离古埃及，历时几十年，最终到达了传说中流着奶和蜜的富饶之地。

6.趋势

江湖中跑，要看懂风向，任何一个事情都有风向。风口里的猪都能飞起，别说是人了，比如据我了解，现在直播的风向就很好，所有的门道都可以考虑结合一下。

7.朋友

正如题记中的张小龙所言，孤独是一门必修课。但朋友也是一定需要的，哪怕数量不多，也得交一两个同道上的有志之士。他们或许给不了你实质的帮助，但却愿意用目光见证你的成长。

8.健康

就算不是为了减肥，每周也要有至少一次的有氧运动。

须知道，追梦的路不是街口的快餐或空中的飞机餐，而是一份法式大餐，结果虽然重要，但过程也值得细细品味。

当然，长期战役的制胜因素一定是身体健康。

最后，想要补充的是（也算是免责声明吧），我可以保证以上所说的都是真实的感悟，也是我自己经历过各种失败后走到这一步总结的干货，但绝不确保像牛顿的万能定律一样，有着绝对的普世性，毕竟每个人都有自己的个性和习惯，一定要结合自己的特点才行。

正所谓“道法可传，术须人易”，就我有限但还算过得去的读书和阅人经历来看，每个人的成功都无法被复制，榜样从来是战略上给的力量，而不是也不应该是战术趋同的路径。

总的来说，这些年来，白天在500强钩心斗角带团队金戈铁马，晚上独自一人挑灯码字星夜追梦——虽然遭受了无数的挫折和否定，但我都坚持了下来，并将继续坚持下去。套用时下流行的一句话就是：

“我不是坚强，我只是死撑而已。”

四、请允许我把你的闺房，当作我的天堂

题记：“请让我把你的故乡，也当作我的故乡。请允许我把你的闺房、葡萄糖和月亮，也当作我的天堂……”

(1)

“莎娃你卡！秀！好看！”时间接近凌晨，我走在异国他乡的街道上，像是走进了一个万花筒般的世界。

街道两边的霓虹灯不断地闪烁，似乎在宣扬着一个个欢度今宵的诱惑。动感而富有异域风情的音乐来自四面八方，如同潮涌般湮没了整条街道。

岸边的酒吧门口站着各种各样的女郎，不管是护士装还是海军装，都是衣少肉多的样式，目的也很单纯，就是把你引诱进她们的酒吧。

这是我第一次出国，走得不远，坐了不到两个小时的飞

机，就来到了泰国——这个号称“工薪价位，帝王享受”的国内屌丝出行首选国度。

眼下的这条酒吧街，就是芭提雅最著名的红灯区——Walking Street。

在来芭提雅之前，我一直以为，这只是一个再普通不过的景点而已：海滩、海水、海风、海鲜……跟国内的涠洲岛或鼓浪屿一样，但来到这里的第一晚，我就产生了不同的想法。

总的来说，这里比涠洲岛多了一些无谓的喧嚣和嘈杂，比鼓浪屿则少了几分小资和精致。

最主要的是，刚到芭提雅的时候，客车司机把我们两个外国友人随便扔到了一个地方，结果我们只能冒着异国的小雨站到陌生的路牙上，用标准的中国式英语问路人甲乙丙丁。

无奈本人是屌丝穷游，之前订的酒店不算知名，问了几个路人都像是吃了摇头丸。

后来只能打的，的哥是个皮肤黝黑的胖子，拍着胸脯说知道，并比划了一个非常二的手势，说200铢，可等我们把死人般重的行李搬上车之后，他又犯迷糊了，打了n个电话才把酒店地址问到，一度让我怀疑他的动机是否单纯。

等车慢慢地塞到目的地后，我们又被彻底地雷了一回——原来酒店就在两个街口内的不远处（打车顶多就起步价20铢）——汗！

要说这样的第一印象，还能让你对它有好感的话，我只能说你有SM倾向了。

所幸住到第二天晚上后，又有了一些新的经历，以至让我有了新的看法，觉得这个陌生的沿海小镇，确实有着自己的一番味道，具体什么味道很难形容，就像是榴莲一样，没吃之前打死也想象不来，所以我不打算费这个力气。

（2）

考虑到本文也不是旅游日志，所以芭提雅到底有些什么样的景点，我就不跟大家普及了，这里主要想普及的一点是红灯区。

在我看来，芭提雅的任何一个地方只要在披上了月色之后都可以叫作红灯区，至于比较明目张胆的就是海边的路上各式各样的站街女。

类似的路，在国内珠海也有一条，那里同样风景秀丽，夜色迷人，以前我读书的时候没少在那儿闲逛，但却叫作情侣路。顾名思义，就是情侣们拍拖首选的路段，所以压根儿看不到站街女，处女倒是不少。

跟香港以前的黑社会一样，芭提雅也有自己的势力范围。具体来说，可分为三大区域。我在网上订的酒店，凑巧就在其中一个区域，叫作男孩区。顾名思义，就是男娘们喜欢聚集的地方。

酒店的接待员是一个异常干净的男生，说话也拿腔拿调，眼神更是异常传情，让我完全不敢直视。除此之外，在酒店的附近，充塞着不少的同性酒吧。

透过酒吧的门缝往里看，能看到不少穿着裤衩搔首弄姿的男孩，让作为直男的我感到异常无味，而作为屌丝的女同事则兴致盎然。

除了这个男孩区，还有北边的人妖区，闻名遐迩的蒂芬妮人妖秀就在那里上演，每天多场，场场爆满。再就是南边最著名的红灯区，也就是本文开头所说的那个地方。

据坊间传闻，老外来到芭提雅度假，一般会有三租：一租房，二租车，三租女友。所谓的房和车大家都能够理解——特别是当下的中国人，至于说到租女友，则算是朴实一些的说法了，说白了就是嫖妓。当然，这在泰国是完全合法的。

值得一提的是，从审美的角度而言，一般皮肤白皙、身材高挑的妹纸会更有卖点，也更抢手，但在芭提雅却不一样，据说很多老外都品位独特，专门挑那些矮的、黑的而且偏胖的姑娘，只因这样的姑娘纯度比较高，而不用担心晚上带回房间，关了灯，衣服一脱，套儿一戴，正准备大干一场的时候，愕然发现，准备下工夫的地方居然跟自己一样。

当然，上文的老外并没有包括本人在内（即便有，我也不会傻到当着这么多读者和未来太太的面承认），而是特指欧美的白人老外。

虽然重口味的活动没有参与，一般的活动还是少不了的。让我们回到本文开头的那个晚上吧，我跟同事穿梭在walking street，面对着眼花缭乱的各色情色酒吧（当地人简称为“go-go”），最后选了一个看起来比较有诱惑力而且花费不会太大的地方。

之所以会选这家酒吧，主要是因为看到有好几个白老外鱼贯而入，我心想欧美大哥的品位应该不差吧，结果进去一看，发现完全选错了地儿。

整个酒吧不过就是两节地铁车厢那么大，墙壁用镜面装饰以增加视觉上的空间。

吧台上倒是有不少穿着胸罩和裤衩并踏着高跟鞋的姑娘，她们像是在自己家里一样随意地在台面上扭动着腰肢，频率不快，尺度也不大，甚至连我们家小区的游泳池也比不上，让我顿感失望，特不过瘾，不过旁边的女同事却看得目瞪口呆。

随后，我点了一杯颜色诡异的酒，失望顿时增加了一倍，一杯功夫茶大小杯子的酒居然卖到100元（人民币）了。最要命的是，这鬼地方不点酒还不行，而且点一杯也不让，必须得按人头计。

酒才刚拿上来，我便再也hold不住了，一滴没喝，就无比失望地拉着女汉子走了。后来回到国内，我们才知道，原来当时我们选的酒吧问题倒不大，主要是因为去早了，各种大尺度的演出都是12点之后才上演的，而我们9点多就走了，别说上半场，连热身都看不到。

综上所述，大家应该能感觉出，这是一个比较重口味的国家，对比中国而言起码是的。

不过，话说回来，如果这个国家只是口味重的话，恐怕对我的触动还没有我邻居90后妹子高中没毕业就噼里啪啦交过三位男友更值得一提。

所以真正值得一提的是，在来到芭提雅之前，我还去了曼谷，到了代表这个国家另外一种文化的地方。

（3）

曼谷除了被称作“天使之城”（由来是什么我也不清楚）之外，还有着“佛庙之都”之美誉。顾名思义，这座城市里有非常多的佛庙。

作为泰国代代传承的传统宗教，佛教是泰国人的生活重心。

据统计，泰国95%以上的人信奉佛教，全国则有三万多所寺庙，而且还在不断兴建中。在泰国，寺庙是主要的社会教育和慈善机构——在我们国内，却已经逐渐演变成了主要的商业机构。

此外，泰国每年还有四个佛教节庆，都是国定假日，法师们透过电视与广播开示佛法，民众要受持八关斋戒。

总的来说，佛教与泰国人的一生息息相关，如新居落成、婴儿出生、生日、结婚等重要日子，都要邀请法师诵经祈福。当然，离世就更加少不了了。

我在曼谷待的时间不是很长，不过短短几天而已，却明显感觉到了佛教文化的盛行，到处都能看到金色尖顶的建筑物，四处也能找到售卖佛像、佛珠以及其他相关配件的门店。

此外，还经常能看到一位老人的肖像（具体什么神人我也不敢打听），总之这位爷的头像在当地的出镜率不亚于中国90年代四大天王的海报。

当然，后者代表着追星，前者却是一种赤裸裸的崇拜和敬仰。在泰国，有着同样敬仰程度的只有国王普密蓬·阿杜德和王后诗丽吉·吉滴耶功。

由此可见，在热情而美丽的泰国，一方面是对佛的无比敬仰，另一方面色情业却又甚是发达。两相对比，正好诠释了太极阴阳相对的思想和马列主义矛盾统一的哲学。

在这份思想和哲学的影响下，这些据说最初来自我们云南傣族的朋友，通过日复一日的生活，演变出了自己独有的文化，他们白天双手合十向佛，寻求内心的宁静；晚上褪下层层衣服，寻找欲望的宣泄……或许，这才是真正的平衡。

（4）

记得在芭提雅的最后一天，清早6点，因为急着赶车，我早早地起来退房。那是黎明前最昏暗的时刻，海风呼呼啦啦地吹，似乎长途跋涉了几百年。

下楼的时候，我看到一个年纪很大的白人老人，他提着一袋水果，腰杆很直，脚步却颤悠悠地从门口的海边走来，慢慢穿过无人的大厅，打开房门，缓缓地走进自己的江景大洋房。

看他的年纪是不打算回国了，我不知道他的过去有着什么样的光辉岁月、爱过怎样的人，还记不记得高中同桌的女同学……

但从他的脚步和背影，我似乎看到了一种决心，就是要在这里扎根，在这儿终老而去，正如新疆歌手洪启在《回乡之路》唱的那样：

“请让我把你的故乡，也当作我的故乡。请允许我把你的闺房、葡萄糖和月亮，也当作我的天堂……”

五、一场注定失败的下半身战役

亨利·米勒曾在《北回归线》里说过这么一句话：“If you feel confused , fuck”。由于内容有些不和谐，这里就不做翻译了，该懂时总会懂的。我想说的是，对于米勒爷的困惑治疗秘方，这段时间我有了新的理解。

话说前几天，一个北京的同事过来出差，一起吃饭，喝了点酒，量不多，而且还是啤的。同事便开始话多了起来，并且音量加大，语速变急，由此可见，他的酒量并不太好，要不就是郁气过多，长积于胸，不吐不快。后来表明，以上两点皆是。

其间，他跟我透露了一个惊天的秘密，说他敬爱的女上司跟公司另一个部门的leader有了不正常的关系。

这个秘密还真让我有些小震惊（由此可见，酒桌上还是能了解到一些重要的信息），因为其上司是一个大龄、未婚、有男友的女性，至于男一号则是我一个熟悉的同事，当然也是有家有室的主。

震惊之余，我正打算发表一些有见地的观点，同事就抢着回答了。

他说，对此我非常理解。来，走一杯，理解万岁！

我把快到嘴边的话吞了回来，疑惑道，怎么个理解法？

他爽朗地笑了笑，说换了是我，有机会也肯定会上的。我上司，熟女一枚，有多丰腴妩媚啊，你又不是不知道。跟你说吧，我现在这种状态，对下到十八上到四十八的女性都有冲动。

我说有没有这么夸张，饥渴到这样，那不是跟弗洛伊德著名的“性本能是一切人类活动的动力”的学说不谋而合？！

他猛灌一口酒，露出不解的眼神，同时补充道，要不现在怎么流行说男人是男淫呢？其实像我这种年龄的部门男同事我都了解过，他们都这样。当然了，想归想，基本道德和严厉的法律不允许我们胡作非为而已。另外，有没有能力也是一个重要原因……

其实，这很可能是同事最后一次以出差的名义来这个城市了，因为他准备逃离了，结束七年多的北漂生涯。

他说在北京的生存压力太大了，看似在500强企业上班光鲜华丽，但却看不到任何的希望。如今奔三在即，别说自己那辆破车了，刚出生的宝宝都快养不起了。不过在临走之前，他还是想深入地了解一下这个城市，毕竟来这里有五六回了，这里有我挣扎过的青春。

接下来朋友说的话可能有些姑娘不爱听了。他说，正如要想真正了解一个姑娘一定得从床上开始一样，要想真正了解一座城市，也一定得从这个城市的小姐开始。所以你懂的……

都说成这样了，还不懂就太装了，所以我顺势问道，你住哪个酒店？要不一会儿给你叫个妹子？

有啥好的介绍吗？同事猛抽了一口烟后故作矜持但其实兴致勃勃地问道。

我说好的肯定有，不过价钱会贵些，900元起步，城市名片，既安全又健康，颜值还有保障——如果读者朋友非要问我为何知道得这么清楚，我只能说只要你在一个城市待得足够久，总会知道一些信息的。

朋友说，900啊，还是有些贵的。考虑一下，你先给我电话吧。

后来，同事到底有没有去叫小姐我不太清楚，他没有分享，我也没有问（当然，还有一种可能，就是在此文中也不方便告诉大家）。

但可以肯定的一点是，他最近这些日子确实非常性压抑，而且像他这样的男士有很多，并会越来越多，大数据告诉我们，到2020年，中国将有至少3000万的光棍。

这些男神们本能般的性冲动将如何得到释放，确实是个很大的问题。当然，对某些部门来说，这些都是小问题，而且如你所知，优质的姑娘们永远都掌握在少数人的手中，而且具有明显的马太效应。也就是说，手上资源越多的人也更能够获得资源。

一个礼拜后，同事在电话里跟我说，计划有变，月底就走。

我惊讶地问道，你脑子秀逗了？！干吗不领了年终奖再跑路？就剩几个月而已。

他说，等不及了，再等下去就妻离子散了。

这是唱得哪出啊？

他无奈地说道，真是太不小心了，上周六去河北见老情人，结果被远在湖北的老婆发现了。

这都能逮到，你老婆是特工吗？

比特工还厉害。她以前是跑业务的，工作需要，有时需要监听客户电话（没准我们现在的谈话就已经被监听了）。结果被她发现我那晚不在北京。最可恶的是，那晚我还跟她特别强调当天工作太累早点睡觉呢。

那你不会……喂喂喂，别拍了，今天坐这么一小会儿，你都拍三张了。

没办法啊，要随时跟老婆汇报啊！

我顿时一阵头晕，在外面吃饭还得随时照片打卡。后来我才知道，除了实时汇报之外，他老婆还会经常登录他的微信和QQ，冒充他跟别人聊天，随时检查有没有不良苗头，搞得他老公好像是王思聪之类的活宝全世界都抢着要一样。

最后想特别补充的是，其实有关被压抑的性行动方面的事情，碍于文体所限，本文确实不宜说得过多，也不能聊得太细。这种事情还是留着小说里发挥吧，谈得不好、谈得有关部门不中意了，顶多我说编得不好、想象得不好就是了，只要永远抱有一颗探知求真的自由心就好了，你们说呢？

六、网红主播当道的时代，你准备好了草根逆袭吗

题记：这是一个最好的时代，也是一个历史性的扁平时代。所有跟我一样的草根们，你们准备好了逆袭吗？

（1）

虽说有着一份足以颠覆就业暗黑法则的工作——轻松多金离家近，但网红女主播们最近的口碑确实不太好，比如说有直播换衣秀吸睛（金）的，更有大尺度直播啪啪啪差点连累老东家的。

另外，前不久还有一则新闻报道，说某21岁女主播跟粉丝开房后被杀，原因是每次都开口要钱（难不成跟你谈感情啊），且索要金额不菲。

而前些日子，斗鱼女主播“狐狸笨笨笨”更是发布一条笨得要死的视频，声称要与男伴一起前往重庆大学，寻找女生宿

舍，进行现场直播，结果引起轩然大波，差点没被喷死。

与此同时，网红主播们又从另一个维度刷新着我们的三观——他们能够以最快的路径接近那些原来几乎不可能触到的上层中心，比如说一个叫Yanghanna的韩国女主播，一个晚上就获得了“国民老公”王思聪的二十多万赏金，原因不过是因为后者跟另外一个土豪斗气而已（拜托上天赐给我一枚富二代的读者吧）。

而如你所知，巨星郭富城和当红炸子鸡罗志祥的女友都是网红，前阵子爆出的十指环扣开车的照片更是让城嫂红到我都要报警。

当然，这里并不是要数典网红主播的罗生门乱象。其实我真正想说的是，他们不仅仅是一个新兴职业，更是当下这个社会的缩影。

因为他们原本都是草根，深藏于民间，却因为这个时代，成了网红，下可接地气，上可泡明星，彻底颠覆了我们原本单一固化的成长路径。

（2）

《逻辑思维》是个做了一年多就积累了几百万用户的互联网知识社群。

而且最恐怖的是，传统企业（比如说联想）从小到大需要跨越多少关卡，付出多少心血，同时还得加上时间这个维度（跑得太快容易摔得更惨，如蒙牛），而这家小而美的公司只发展了两年不到，就有能力跑去鸟巢开一场规模巨大的持续四小时的跨年演讲，而且在开完后的第二天，朋友圈就给刷爆了，疯狂程度不亚于传销。

记得，该公司的创始人罗胖曾分享过这么一个观点，非常有意思。

他说我们现在这个商业时代，早已不是金字塔的时代了，而是类似仙人球一样的时代，每一个个体都像是仙人球上的刺，一旦从球面扎出来，就是一个专属于自己的天下了。

我们要做的，就是尽快在自己的领域比别人更快地扎出来。

（3）

网红papi酱被称为史上第一网红，前不久更是拿到1200万的投资。

另外，还有一个超级网红咪蒙（跟我也算是同行了），据说她写一篇软文值20万——这是什么概念？相当于多少所谓高级白领（比如说我）的年薪。

有人说，这些都只是互联网上的昙花一现，跟烟花一样，再怎么灿烂，也很快就过去了。

但我却认为，这是时代的新纪元，她们的出现将成为这个新时代的代表事件。

因为这个时代早已经被移动互联网改变了，财富的积累方式和成功的追逐路径也不再是传统的一步一个阶梯了，而是跳跃性或矩阵式的发展。

（4）

几年前，曾经有本畅销书，名叫《地球是平的》，作者是托马斯·弗里德曼，书中主要分析了21世纪初期全球化的过程，得出的结论是“世界正被抹平”。

借用这本书的观点往下走，随着科学技术的渗入，我们这个时代将会变得更加扁平，从而带来更多的前所未有的机会。

对此，如何才能让自己实现突围和逆袭呢？个人建议，可以从以下几点出发：

1.发现自己的特长，特别是跟别人不一样的长处；

2.了解自己的兴趣，结合第一点，形成壁垒；

3.认清世界的风向，尽量做风口上能飞起来的猪；

4.多平台作战，并努力找到适合你的平台，然后进行聚焦；

5.坚持不断尝试，直至突围。

当然，需要特别补充的是，本文所讲的逆袭并非是一飞冲天，鸡犬当道——这种事情还跟命、运、风水、造化等有关系，我真正想说的是：

在眼下的时代，在这个最好的季节里，我们将更有机会找回自己的初心，成就一份专属的、喜爱的，而且“轻松多金离家近”的事业。

七、满地都是六便士，他却看到了月亮

（1）

前阵子，有一则新闻报道，说湖南有一个法官，工作十余载，突然提出辞职，辞职信写得是文采斐然啊：

“初则喜正义之伸张，乐法律得施行，不屑媚俗，安于清贫。久矣疲命于杂务，掣肘各情形，荒于教子，未尽孝心……”

也就是说，这位法官在熟悉的轨道奋斗了多年后，突然做了180度的人生改变，确实让很多人无法理解——我敢打赌他老妈肯定不会理解，而且还愿意赌10块钱。

然而，其做法之所以能够在网上疯传，正是因为他做了很多人想做却没有勇气做的选择，而从某种层面上来说，这跟90年前《月亮与六便士》里的那个男一号一样。

他们都是因为对长年累月的那种看似幸福的生活产生了无可救药的厌倦和迷失，怀疑所做的一切违背了初心，于是

毅然决然地采取了行动，只为找寻内心的那朵蓝莲花，正如我们在书里所读到的一样：

“做自己最想做的事，生活在自己喜欢的环境里，淡泊宁静，与世无争，这难道是糟蹋自己吗？与此相反，做一个著名的外科医生，年薪一万镑，娶一位美丽的妻子，就是成功吗？我想，这一切都取决于一个人如何看待生活的意义，取决于他认为对社会应尽什么义务，对自己有什么要求。”

正所谓一千个人的心中有一千个哈姆雷特，在《月亮和六便士》里，相信每个人也会有不一样的解读。

有的人读到了孤独：“我们每个人生在世界上都是孤独的。每个人都被囚禁在一座铁塔里，只能靠一些符号向别人传达自己的思想，而这些符号并没有共同的价值，因此它们的意义是模糊的、不确定的。”

有的人读到了绝望的爱：“女人可以原谅男人对她的伤害，但是永远不能原谅他对她做出的牺牲。”

还有人读到了艺术的真谛或是那些无可救药的乡愁：“我认为有些人诞生在某个地方可以说未得其所。机缘把他们随便抛到一个环境中，而他们却一直思念着一处他们自己也不知道坐落在何处的家伙。”

……

但我却读到了一个再渺小不过的生命，为了遵循自己的内心，宁愿付出财富、亲情，甚至生命也在所不惜——这种选择，与其说是主动的选择，倒不如说是一种无奈的接受，接受我们内心渴望的召唤。毕竟这种渴望，即便我们能够逃避一时，也逃不了一辈子。

（2）

《月亮和六便士》虽然是一本接近100年前的作品，却有着经久不衰的现实价值，这也是它畅销至今的原因。

书名中的月亮和六便士，相信大家都了解它的寓意所在：月亮高高在上，是我们的理想；六便士是当时英国面额最少的钱，象征着我们生活。

人生赢家总是能成功地将这两者结合，所以在现实生活中，几乎每个人都曾尝试过平衡月亮和六便士的关系——当然土豪、富二代不在此讨论范畴。

所幸的是，今时今日，这两者之间已经不再是水火不容了，起码已经进步成猫和狗之间的关系——我们既可以追寻自己的理想，又能够凭理想获得相应的收入。

简单跟大家梳理一下故事情节吧，思特里克兰德是个百年难得的艺术天才，却从事着普通的白领工作：股票交易所的经纪人。

他已经成功让自己活到了不惑之年，并拥有一个看似美满幸福的家庭，有米有房有车有娇妻有存款有二胎甚至还是龙凤款，可却突然像是魔鬼上身，抛妻弃子，连夜坐滴滴顺风车到巴黎，追寻自己虚无缥缈的绘画梦想，并在屡屡碰壁后，决定离开文明的世界，到一个荒岛上混迹余生。

荒谬的是，逝世之后，他的作品才得到世人认可（说到这儿，像不像我们那悠然见南山的陶渊明呢）。

另外，这儿还有个小插曲，在巴黎穷困潦倒到几乎要饿死期间，思特里克兰德还不忘风流地勾搭了自己最要好的而且救过自己的朋友之爱妻，造成了对方的家破人亡（友妻殉情）。

需要特别强调的一点是，毛姆是现实主义作家的恪守者，书里大量的故事情节都有生活的原型，包括男一号，正是死后备受哀荣的后印象派画家保罗·高更，只是换了个国籍而已。

也就是说，还是印证了那一句话，艺术来源于生活却高于生活。

总的来说，作家毛姆的文字是偏向于叙述型，同时又不乏一定的幽默感（这一点的确值得点100个赞，举例如下），其通过一种娓娓道来的态度，去解剖那些隐藏在人们内心的感情。

“我来同你谈谈您太太的事。”

“是吗？当您年纪再长几岁的时候，肯定就会懂得不该管别人的闲事了。如果你把头稍微往左转一转，你会看到那里有一扇门。”

整部作品的结构非常严谨，以第三者的视角娓娓道来，同时让故事围绕着某条线索串在一起，引人入胜，最终形成了一种强大的表现力。

（3）

众所周知，最近许巍有一首歌非常火：生活不应该是眼前的苟且，还应该有诗和远方。但是，如何平衡这两者的关系，却一直困扰着所有追求自由和梦想的人，当然也包括思特里克兰德。

所幸的是，我们迎来了一个前所未有的时代，这个时代更加包容，包容每个人的梦，哪怕它偶尔不公平不正义还有些糟糕，而我们要做的就是全力以赴，然后耐心地等风来。

作家王小波曾经说过，年轻时候最痛苦的是找到自己喜欢做的事。其实，就算是年轻时候没有想明白也没有关系，这种事情永远不会太晚，只在于有没有勇气去改变。

老年的陆游也曾发出这样的感慨："少时汩于世俗，颇有所为，晚而悔之。然渔歌菱唱，犹不能止。"

由此可见，倘若没有勇气去改变，即便是成功地混到了老，也无法跟自己妥协。既然这样，既然我们早晚要追寻心中的那朵蓝莲花，那为何不早点出发呢？

"追逐梦想就是追逐自己的厄运，满地都是六便士，他却看到了月亮。"

最后，虽然跟本文主题无关，还是忍不住对类似于思特里克兰德的老婆那样的好姑娘（贤良淑德又出得厅堂的英国好媳妇）说上一句公道话：

如果你不够爱一个人，而他又是一个绝对的月亮主义者的话，请真的要睁大眼睛（不是放大瞳孔），谨慎选郎，千万别盲目乱嫁——因为你有可能收获一个夏天的六便士满地的繁华，也有可能收获一个冬天的贫困寒冷的孤寂。

八、机不可失

题记：对于手机，或许我们应该有大禹治水的理念：疏而不堵；也应该有对待同性恋的精神：兼爱无差。

（1）

前不久，地球村发生了一起震惊村民的事件：中国常州某27岁女子，通宵玩手机，不幸猝死，死前的手机屏上，居然还停留在淘宝的界面。

另外，又有一则新闻报道，说在长深高速公路上，某轿车突然爆胎，丈夫下车修理，妻子则在一旁用手机拍照，发朋友圈，不幸被撞身亡。

对此，我们似乎可以得到一个简单粗暴却又无比正确的结论——如果没有手机，这两位女子都能够活得好好的，过着相夫教子的幸福生活。

然而，手机真的是以上事件的幕后元凶吗？我想，不管是福尔摩斯来华，还是狄仁杰再世，都未必会同意。

（2）

众所周知，如今的手机，就像是300年前发明的避孕套一样，已经彻底地改变了人类的生活。

打个简单的比方吧，现在的00后，对笔友这种生物，恐怕已经像是对四大天王或音乐磁带一样无比陌生了吧。

想当初，还在念中学的我们，每个人都至少拥有一个笔友，就像现在某些有钱人圈养小三一样，是一种时尚而长脸的标配。

记得那时，语文课代表的文笔特别好，每次作文都拿高分，让众“被代表”的同学望尘莫及。究其原因，正是因为那时，这花心大萝卜居然有七八个笔友，而且还跨越中华各省，最远的甚至到了新加坡。

后来，笔友就慢慢变成了Q友，逐步退出了历史舞台。然而，在当年的异地恋人之间，除了喜欢煲电话粥之外，云信传书依旧是经常干的事。我曾经在大学时给初恋女友情深意切地写了几百个回合，可依旧未能留住其芳心——也不知道是我文笔不好，还是说真爱跟好戏一样，总是躲在了后头。

反观现在，小青年们谈恋爱，基本上含蓄的话都是QQ、微信搞定，既快捷又环保，另外要是一不小心分手了还不麻烦，直接删除记录即可，连信都不需要烧。

余秋雨在的《文化苦旅》里，谈到了一种别说00后就算是80后也闻所未闻的职业——信客。余老说他们家乡曾经有一个老信客，几十年来，风风雨雨、不辞劳苦地为村民跋山涉水地服务，结果有一天突然就失业了。

原因是有一回上班，被人诬陷，说他带的东西少了，结果老信客百口莫辩，被迫下岗，因为这一行最不能失去的就是信誉。不过话说回来，即便有了信誉，这老哥也很快就会湮没进历史中，只因千山万水地不要命奔袭，到头来却抵不过一台100元不到的功能机。说到这儿，古希腊那位从马拉松跑回雅典的哥们一定会深有同感。

（3）

作家冯唐曾在《放下手机，去空气里跑跑》谈道，跑步救过他老人家三次命，所以建议我们放下手机，多出去跑跑。对此，我是深表认同的——却是对于后半句。

毫无疑问，运动是这个世界上最具性价比的养生术。我个人踢了十几年的球，至今连医院的大门在哪儿都不太知道。

李开复前不久大病归来，不再谈《世界因你而不同》，谈得更多的是《向死而生》，并且不厌其烦地强调了运动的重要性。

至于前半句，我是这样想的，去空气里跑跑固然重要，但如果一边跑步一边拿手机听歌，也是个不错的选择。听到雷鬼或摇滚音乐时，没准还跑得更欢呢。抑或是，在手机里装一个APP，记录自己的跑步轨迹，供下次参考。当然，也可直接分享给朋友，运气好的话，还能拉上某位女神一起跑，名副其实地追女仔，何乐而不为?

据我所知，当代中国公民的素质已经有了巨大的提升。君不见，市面上无所不在的低头族：从地铁到厕所约会……很多人不管对面有没有人，都习惯性低头表示"谦逊"，可谓深得儒家文化之精髓。

说到这儿，肯定又有朋友要抱怨了，正因如此，大家才变得越来越冷漠了，不爱互相搭理了，也越来越独乐乐地拒人于千里之外了……说得好像不看手机就会腻在一起唠大嗑似的，而且当下这么多丑恶的社会现象，正是通过手机才曝光于天下，也因此得到了实质性的解决。

另一方面，低头族的出现，也说明人们更珍惜碎片化时间了。

据《哈佛商业评论》研究报道，对于碎片化时间使用的有效性，将是成功人士与普通职员的重大差别。换句话说，虽然大家都在低头，可你在追韩剧或《花千骨》之类的神剧，人家在看书"涨姿势"；你在跟女神微聊得不亦乐乎，人家在竭力拓展自己的工作、人脉……长此以往，高下必分——当然，像成功这种事情，还是人各有志，开心就好。

除此之外，还有的朋友会说，都是因为手机，如今亲朋好友之间的交流都变少了，朋友之间好不容易聚个会，也都在埋头看手机。一家人坐在一起，也是以Wi-Fi发射器为核心，各自为战，甚至还把孩子晾一边——对此，不知道大家是否认同呢?

（4）

乐嘉在《本色》里说过，红色性格的人很喜欢跟人分享和沟通，而且他们基本上不能理解“知道一个问题的答案却沉默不语”的蓝色性格的人。

也就是说，红色性格者是不能满足于手机社交的，他们天生喜欢交流，不管是通过手机还是面对面。

相反，如果是蓝色性格的朋友，本身就不爱吱声（比如说我这样的），即便你没收他的手机，还是无济于事。没准人家有了手机后，还可以通过文字说上几句心里话呢。

再说，手机本身对于人际交往的提升也是有很大帮助的。拿我自己来说吧，以前一周难得打一次电话回老家，还像用剩的牙膏一样挤不出几句话，完了电话费还老贵，现在每天在家连上Wi-Fi，有空、无聊就视频一下，跟我老爸的感情一夜之间回到了大学前，连他偷偷瞒着我妈买了什么股票都一清二楚。

营销界的朋友都了解——股民们肯定也不陌生，“互联网+”的时代已经到来了。这股迎面而来的趋势，就像是若干年前的互联网一样，正随风潜入夜地冲击着我们的日常点滴。

所谓的“互联网+”，跟没“加”的那个的最大区别就是互联网移动化了，若要移动，作为载体的手机自然不可或缺。

设想这么一个场景：小九是一个新时代的白领，一大早从手机的音乐中醒来，然后就着音乐换好衣裳，慢悠悠地出门，坐上用滴滴App叫的taxi，路上再用手机看看电子书和朋友圈（当然简书是必不可少的）。

随后到公司，在楼下的便利店用支付宝买了一份早餐。紧跟着到写字楼坐班，其间闷的时候悄悄用手机看了会儿股票，并简单地高抛低吸了一下。

中午下了班，再用App团购了一份美味实惠的午餐。吃完继续回去苦干，等干到下午三点多发困时，又用手机偷偷上淘宝，给女朋友买了一份生日礼物……

试问，倘若没有了手机，小九的生活将会受到多大的影响？其实，这只是移动互联网的冰山一角，更具有颠覆性的影响正在世界的每个角落发生，所以从必要性来看，手机也是一种不可或缺的工具。

（5）

佛语有曰：曾经执着，才能放下执着。所以说，如果未曾被“手机控”过，又如何知晓手机之利弊？

正所谓“心中无机，用了又何妨”？须知手机绝非洪水猛兽，亦非牛鬼蛇神，甚至连双刃剑都算不上。

罗素说过，须知参差多态乃是幸福的本源。手机作为一种现代文明的工具，只是提供了多一种可能的生活方式而已。

对于手机，或许我们应该有大禹治水的理念：疏而不堵；也应该有对待同性恋的精神：兼爱无差。

当然，最重要的是有对待老祖宗文化的官方指导思想：取其精华，去其糟粕，从而在低头和抬头之间完成华丽的“姿势”升级，在机不离手的同时见机行事，继而不失时机地拥抱那更加智能的未来。

九、无毒真丈夫

香港歌星卫诗曾在藏毒被捕后向媒体坦言：“人生在世，什么都要玩玩，什么都要试试。这绝对不是我一个人的想法。”这个想法不管是谁分享到朋友圈的，我都会第一时间去点赞。

不过问题是，“试试”这种东西跟叫技师一样，是有机会成本的：选择了胸大臀圆妩媚风骚的A风尘小姐，就只能放弃面若桃花羞涩清纯的B大学妹子（暂且不说是不是演技派）。也就是说，即便是试试，也要考虑代价是什么。如果玩的是毒品，钱栽进去不说，人也栽进去了，那就没机会去拥有其他更好的体验了。

总而言之，以个人之愚见，这是一种待在井底看人生的价值观，短视而空洞，一如我前不久在网上看的《我们约会吧》，某女嘉宾猛烈抨击男嘉宾潘杰说“古代就是儒家，蔑视儒家就是蔑视中国人”的妙论一样有趣。

如你所知，此文必定是有感于最近吸毒的明星们——严格来说，是最近才“被曝光”的吸毒明星们。至于媒体之下、眼球之外，还有多少藏着、掖着、有意思的我们不清楚，但如果让我来猜的话，必定跟最近纷纷落马的“大老虎”一样，冰山只露出了一角而已。

代沫兄说他是在2012年第一次接触毒品的。当时傻傻分不清楚，只是隐约知道应该是类似毒品的东西。这种东西有一个好处，就是吸完之后非常有精神，跟打了鸡血一样——这一观点，跟曾经也靠毒品提过神、声称“跳舞狂跳一夜都不会累”的女明星陈琳（后自杀）的说法一样，看来其提神效果真不是红牛、脉动之流的功能性饮料能PK的。

后来，因为众所周知的“好声音”，李兄一夜爆红，生活巨变，一度疏远“圈子”。可惜好景不长，工作接连受挫，“有时候连跳楼的心都有”，所以又沾上了毒——听起来合情合理，很有道理，让我想起了大学的一个舍友。

此公是个天才，大一看别人玩《魔兽》，自己亦一头扎进去，日夜不分地打怪。后来因为在院里的迎新晚会上表演吉他独唱，成了小红人，谈了小恋爱，没空再打机，更不用打“飞机”，可惜好景不长，被某帅哥挖了墙角，心灰意冷，然后又玩起了游戏，一玩就是四年……

至于说他是天才，那是因为四年下来，此公居然没挂过科，每次考试都是凭着考前的几夜苦功顺利通过。

话说回来，代沫兄两次嗑药都是因为压力过大，无从释放。就这一点来说，我们的“大财神”肯定是颇有共鸣。从拘留所出来后，他老人家第一时间写了封诚意十足的道歉信，解释了沾毒的原因是——长期写作疲劳引发的神经性呕吐。

对此，作为一个有着同样苦恼的码字工人，我表示非常理解。要知道，读者可能几分钟便扫完的文字往往耗尽了作者十几天的心血，末了还可能招来一阵吐槽……即便真的是这样，也不能成为沾毒的原因，喝酒倒是可以，只要别像李白那样“竟以饮酒过度，醉死于宣城”便好。

行文至此，长期写作疲劳所引起的综合征又要犯了。我正打算找个妹子于千里之外唠唠嗑，舒缓一下情绪，不料新闻又爆出了几则明星吸毒事件（房祖名和柯震东）——看来眼下还真是有“前赴后继进局里”的趋势，也不知道是故意借此炒作，还是真的压力大到没办法。

不管如何，他们起码让我们明白吸毒的各种真谛，一如网上的这条段子：“张元告诉我们吸毒的不都是暴瘦，满文军告诉我们吸毒的也可以看上去老实巴交的，胡瓜与酒井法子告诉我们吸毒不分男女老少，谢东与含笑则告诉我们过气明星也有钱吸毒。”按该段子的思路延续，我们可以说李代沫告诉我们吸毒不影响好嗓子，宁财神告诉我们吸毒可以治疗呕吐……续得不好，大家将就着看啊。

言归正传，其实对于毒品，除了高富美的明星会接触到之外，普通老百姓也不是那么陌生，要不怎么说毒品的利润高呢，明星、大佬们毕竟嗑不了这么多的嘛。所以大家不必幸灾乐祸，说不定你正在读本文的时候，你那念初中的乖儿子跑进来，管你伸手要什么补习班的费用，出门后就立马跟小伙伴们泡吧、嗑药了呢。

昆明市寻甸县有一个叫荣荣的孩子，今年16岁，上学时常常逃学，跟朋友一起去打桌球。有一次，他看见朋友在吸“小马”（麻黄素）。

荣荣好奇地问：“这是什么？”

朋友说：“这个你都不知道？来尝一尝。”

就是这么一尝，荣荣就没办法继续上完高中，更没办法上那远方的象牙塔了。

以上这个故事只是千百个版本的缩影，平常到就像是去郊游、去唱K、去逛书店这么简单，却足以轻易地改变一个人的一生。

除了好奇之外，据专业缉毒人士总结，普通人吸毒的原因还有几个，比如说因为家庭。有关这一点，我建议有兴趣的朋友可以看看《门徒》里古天乐和张静初的演出——不管能不能震撼你，至少是震撼了我。

另外还有一个群体，最容易被人忽视、误解，那就是性工作者。除少数真正爱好从事色情行业的人外，有不少的性工作者是被逼无奈的，其中一个很有效的逼迫手段就是诱骗吸毒，强化控制。

“毒品的成本不像想象中那么高，几百块钱就可以弄到一克，一克足以使人上瘾，别有居心的人，不需要那么费事在职场上处心积虑地使‘宫心计’，一克毒品悄无声息地可能让你的生命从此颠覆……”萧秋水在《为什么即使是陌生人我也担心他们吸毒》这样说。所以说，妈妈教的不要喝陌生人给的饮料，各位大小朋友一定要听进大脑噢。

某位英国心理学家在《幸福之源》里描写过吸毒的快感，他把它友好地称为“化学的幸福”。正是这种化学的幸福，让各种新型毒品（摇头丸、K粉、冰毒等）出现在各种娱乐场所。也正是这种让你觉得炫酷的东西，让你在朋友面前有了归属感的同时带你陷入了万丈深渊。

古语有云“无毒不丈夫”，意思大家都明白，特别是做丈夫的人，他们甚至把此话奉为职场圭臬，炒人或搞人的时候就会在脑海里过一遍，以求心理平衡。不过如你所知，文题中的“毒”另有所指，而真正的大丈夫不仅仅需要智慧去辨别什么是毒品，更需要勇气在面对生活压力的时候管好自己的嘴。

如果我没猜错的话，沾毒者都不会是读者，起码不是本文的读者。不过，我却不能确保这些读者未来会不会成为前者。如果在成为沾毒者的道路上，哪怕有一个人因为想起了本文而有所犹豫，甚至就此放弃，那就算没辜负我长期写作疲劳引起的各种综合征了。

退一百步来说，倘若我未来有个女儿，女儿到青春期了，青春期开始叛逆了，叛逆到夜夜泡吧了……我不会阻止她出门的，因为那是徒劳，不过我会要求她，至少得读完本文吧。

十、能被孩子埋葬的梦想，都不是真的梦想

题记：“生命是纯粹的火焰，我们靠我们体内一个看不见的太阳活着。”——托马斯·布朗

（1）

不知不觉，“岁月如飞刀，刀刀催人老”这句老话已经在80、90后的耳边，漫不经心地絮叨了多年。如今，总算通过升级为父母而成为更赤裸裸的事实了。

然而，一切都仿佛发生在昨天。

昨天我们才离开高中，挥别家长，奔赴大学，穿着里面是耐克外面是阿迪logo的衣服去当志愿者，吃着雪糕、穿着裤衩倚靠在烈日下的阳台上看姑娘或被姑娘看……

今天，我们已经告别校园的课堂和饭堂多年，也早已记不起大学第一天进校门时，曾让你驻足心动过的那个姑娘的

如花容颜。

仿佛昨天我们还在纠结毕业那天是否要一起失恋，打着爱的幌子蜗居于鱼龙混杂的城中村，在错误的时间遇见对的鬼，游走于珍爱百合网叫嚣着“非诚勿扰”……

如今，在经过多年现实的洗礼后，我们发现真正的爱情已经成了这个世界上最奢侈的消费品——不管你曾经是否消费过。

过去种种，再怎么鲜活如新，也像是放进冰箱里的牛奶，禁不起时间的催化，如今我赫然发现：当年的这位班花已是后妈，那位班草已为人父，跟老友电话里聊的话题总是三句离不开“人造人”，前女友的微信圈里发布了10条消息，有8条与宝宝有关，剩下的两条是毒疫苗事件新闻的转发……

历史的潮流已经把80后推向了舞台的幕前，孩子问题也将关系到我们是否能演好这个角色，即便我们不想演。

不可否认，对于父母而言，最大的希望莫过于孩子的健康——这一点在我两个好友身上有着刻骨铭心的感触：好友A是个汉子，其爱人不幸流产；好友B则是位女性，怀孕期间查出有隐患，被迫人工流产。

前者是我最好的朋友，流产的诱因是怀孕期间两口子吵架，脾气上来了借酒消愁，结果伤了身子——最让人无语的是，其老婆还是位护士，本就是专业人士，却犯了最业余的错误。

至于后者，则是我高中时候的一个女性好友。距上次撕心裂肺已经过了两年，如今迫切地想再要孩子，可她老公死活不愿意，也不知是因为心里有阴影还是怎么，一直往后拖，拖到如今两口子都跨三而去，反倒是不急了。

如果说以上撕心裂肺的痛只是短暂的，能够随着时间的流逝而慢慢冲淡，那么还有一种痛则更为持久，更需要勇气去克服——即便是世上和史上最乐观的父母。

（2）

《爸爸爱喜禾》是作家蔡春猪写给自己自闭症儿子的一本书，文字间的幽默乐观，让人感觉到愉悦之余还有一种莫大的心酸，比如这一段：

“一开始喜禾的爷爷妄想说服我，每次打电话，都能举出例子说某某的孩子如何后来没事，某某的孩子如何后来也好了……他都70岁的老人了，走村串户采集资料的时候别累着了。”

类似风格的文字，书中几乎通篇都是，如果觉得符合口味，我强烈建议大家可以买来阅读。

话说回来，当今的医学科技已经基本确保孩子在出生之前的生理健康了（毕竟患自闭症的概率比中福利彩票的概率还低），至于孩子出生之后心理层面的健康则难说。

记得曾经有一则震惊社会的新闻，一个十多岁的姑娘在电梯里疯狂摔打邻居女婴。难以想象，这个姑娘到底藏着什么恶毒的内心，才会有如此强悍的表现。

“想象力和善良”是韩寒对女儿韩小野的要求。这一点，在《南都娱乐周刊》对韩寒的专访中曾经提到。

其实“善良”没什么好说的，正如“责任”一样，是男人即便是男娘也必需的品质。遗憾的是，在当今这个社会，正如男人逐渐失去了责任一样，善良对很多姑娘来说，也成了一种奢侈品。

至于想象力，相信对于很多国人来说有些陌生，原因是什么？大家都受过义务教育，非常清楚。前不久，我在电视上看远古人类的起源，说人类的祖先海德堡人（迄今为止在欧洲发现的最早的直立人），跟现代人类已经没有多大区别了，知道亲友离世很伤心，团结一致抗外敌等等，唯一的区别就是想象力，海德堡人在想象力这个维度上距成为真正的现代人还有待提高。

话说回来，如果我将来也有一个女儿，我对她肯定也会有所期望：比如说懂得打扮，不管是外表还是内心；又比如说智商OK，不需要像居里夫人一样聪明，但起码聪明到懂得保护自己。

（3）

今年，期待已久的二胎政策终于正式公布了。

对某些人而言，这可是一个天大的好消息，丝毫不亚于薪资突然翻倍。不过对某些符合条件的人来说，那就未必了。

设想在当下与日俱增的生活压力下，有多少人真正有资格生二胎呢？毕竟不是每个人都是张大导演。

若要引用“穷有穷养，养不起送人养”之说法，恐怕也是很难说服我的。我可不想揭不开锅的时候抱着孩子讲安徒生的童话故事，更不想十几年后某个陌生的壮男冲到我家门口指责我当年为何抛弃他。

记得以前，特别是在上学的时候，价值观正在打基础阶段，电视屏幕上的各种影视剧和生活中上演的各类闹剧让我悲哀地感觉到，孩子这种生物，是一个包袱，也是一种累赘，更是恋爱的炸药包——特别是在你没有准备之前，因为有了孩子之后，生活就要发生天翻地覆的改变，不管是经济方面还是精神层面。

有关这一点，虽然我无法代表其他80后的想法，但我相信目前很多90后一定会有相同的看法，没准感触还会比我强烈一百倍。

据统计，在过去的3年里，单单北京市检察院第一分院就已经受理了至少四宗90后妈妈杀婴案。大家可以想象一下，960万平方公里的国家，到底有多少个市级第一分院？其中又有多少绝望的90后妈妈？

总的来说，未成年少女杀婴或弃婴的案例归结起来有几个共同点：比如说眼光独到地交往了一个不负责的极品男友，又或者是缺乏必要的生理、性常识，尤其是法律常识。对此，本文的重点不在于谴责，只在于让大家了解。

（4）

有一段时间，我们这个社会小流行过丁克家庭——当然这股风潮是从外国刮进来的，洋气得很。

在这些丁克家庭的心目中，二人世界重要过三足鼎立和未来的儿女绕膝，正如某个曾经流行的段子中，把婴儿比作了僵尸：头发凌乱、牙齿不全、食欲旺盛、攻击性强、走路不稳、衣着脏乱，最重要的是，他们都不分黑白善恶，晚上让你无法入睡，也能把其他人变成僵尸……

不老女神周慧敏是没有宝宝的，也不在计划内。我深爱的作家王小波生前也是一个坚定的丁克粉。

此外，国宝级演员葛优也一样，电影里跟舒淇打得火热，现实中却希望携手而且只携手自己的爱妻慢慢到老——从他现在的年纪来看，他已经做到了。

如今，那些丁克风潮的当事人已经慢慢上了年纪，他们到底有没有后悔过，大街上看着别的小两口拉着一个小不点的背影是庆幸还是清醒，只有他们自己才知道。

很多年前，我们总以为孩子是我们梦想的绊脚石、成功的包袱，正如现在的90后一样，但突然有一天，我们发现家可能才是我们真正的梦想，孩子是梦想成长的助推剂。

正如同《光辉岁月》里唱的那样，梦想这个东西，最容易背弃，而且以孩子的名义也最冠冕堂皇。我却衷心地希望，即便有一天，我们因为生活而失去了激情，因为现实而失去了爱情，但我们的内心却没有失去最初的坚持。

要知道，正如因为婚姻而失去的爱情不叫真爱一样，因为孩子而失去的梦想，绝不是真正的梦想。

CHAPTER 04

第四章

更“耐撕”的世界，是个人和社会的平衡

一、让自由发酵，让人文发芽

时间倒退到20世纪80年代早期，熟悉那段历史的朋友都知道，由于当时的社会环境，全国上下正轰轰烈烈地开展“严打”运动，瞄准的对象不是类似于《听风者》里的各种美艳特务，也不是那些祸国殃民的大小“老虎”，而是老百姓们的荷尔蒙和性高潮。

在这场秋风扫落叶的运动中，有些人失去了自由，莫名其妙地走进了铁窗内；有些人则失去了生命，荒诞不经地走上了断头台。其中就有一位王姓漂亮女子，罪名是与多名男子发生性关系，从而以流氓罪被判处死刑。

临死前，该女子说了这么一段“遗情书”：性自由是我选择的一种生活方式，我的这种行为现在也许是超前的，但20年以后，人们就不会这样看了——如今时光荏苒，岁月匆匆，20年早已过去，试问正在阅读本文的各位朋友，会不会像当初那女子所说的一样，再也不会这样看了呢？

木子美是我的一个大学师姐，现在有些90后可能不太清楚，当年她可是比郭美美和干露露还要火的人物——即便颜值和性感指数都要弱很多，却丝毫不妨碍其跟几十名（据说至少有30名）男子发生性关系，一段性爱音频更是传遍大江南北，令无数宅男竞折腰。

但如你所知，我们这个时代的木子美不仅还活着，而且还活得好好的，去年甚至还抽空爬出来搅和了一下张歆艺和路哥哥的家事——当然，这不是本文的重点，本文的重点是想跟大家聊聊自由，而性的自由即便不是最好，也应该是一个最不容忽视的缩影。

要知道，在王姓和木姓女子之间，横亘的不仅仅是几十年的疯狂物质增长、中国先富起来的一代土豪们的扬眉吐气和格外任性，以及越来越多的社会精英养得起小三妹、用得起大苹果，而且还是各种自由的逐渐发酵，以及伴随而来的人文精神的破土发芽——即便我们现在依旧没有脸书、YouTube以及武如意的美胸。

有关自由的话题，算是一个老话题了。别说其他作者了，我之前便写过一篇有关“猪和驴”的文章，一口气得罪了两种动物。如今重拾旧话，一来说明我对自由有了新的看法和态度；二来也说明这是一个跟爱情或死亡一样的话题，值得安静时反复思考，失恋时细细品琢。

众所周知，在美国纽约市海港内自由岛的哈德逊河口附近，有一座经常出现在好莱坞电影航拍镜头下的美女神像，其正式名称是“自由照耀世界”。该神像的象征意义大家都很清楚，唯一可能不太清楚的是，它并非在本国制造的，而是别人送的，而且还是来自1876年的法国，为的是纪念美国独立100周年。

由此可见，高卢人不仅在时尚方面有着领先全球的独特品位，在对待自由的态度上也是先知先觉的。对此，相信不少朋友对一幅名叫《自由领导人民》的世界名画非常熟悉，尤其是男士同胞——不管懂不懂欧洲油画或法国历史，因为该幅画里面有一个高举红旗的袒胸露乳的性感妹子，后面还跟着一大帮拿枪、扛刀的工人绅士——其他朋友我不知道，起码我念中学的时候，班上的男同学是把它当作成人资料地下传阅的。

其实早在1789年，法国就公布了一份革命纲领性文件——《人权宣言》，把自由定义为：“有权做一切无害于他人的任何事情。”此宣言可谓深得革命主义者的芳心。后来，德国佬康德对自由的说法有了更高层次的理解，说“自由不是做自己想做的事，而是可以不做自己不想做的事”，比如说我现在有些头大，不想写这篇文章，可我知道已经拖了足够久了，由此可见，此刻的我一点都不自由。

与此同时，让我们再把焦点自由地从古代和欧美拉回来吧，回到我们较为熟悉的周围。

林少华作为一个浸淫村上文字二十多年的翻译巨匠，对村上的文字可谓如数家珍。他有本书叫作《为了灵魂的自由》，正是对村上几十年创作理念的一个高度概括。

整本书传递给我们的核心是：灵魂的自由是村上春树始终不懈的精神追求——而这也正是其文字看似平淡冷静、孤独无奈，却能够轻易风靡全球的原因之一吧，因为不管肤色如何、民族怎样，在每一个人的心里，都住着这么一个向往着理想国的自由人。

除此之外，国内最富有自由主义气息的作家莫过于已逝多年的王小波了。他曾经于生命中的黄金时代禁锢于中国云南的乡下做知青，时而在放牛期间赤身裸体地在草坪上仰望湛蓝到近乎透明的天空，时而对着明亮到有些诡异的月光在镜子上写下“走在寂静里，走在天上，而阴茎倒挂下来”的诗句——作为本人写作风格的启蒙者，他给我最大的精神财富，也许正是几十年前在云南某个山村角落那头特立独行的模仿工人下班汽笛声的猪吧。

如上所述，古今中外前辈在自由的追求上可谓各有千秋的同时异曲同工，不过细究下去，他们似乎更注重的是思想和灵魂的自由。然而，在当代的社会生活中，自由还应该包括物质层面，毕竟不是每个人都是林萧、崇光，也不是活在无菌真空里，更不是“悠然见南山，不为五斗米折腰”的当代陶渊明，“既自以心为形役，奚惆怅而独悲”。

随着科技的日新月异，在当下这个越来越“平”的地球上，思想和物质上的自由非但没有冲突，而且还大有相辅相成的趋势。所以目前才会有这么多跨界人士，比如说我一直喜欢的作家冯唐，一方面是文坛神笔，作品畅销不衰，试图用文字打败时间；一方面又是商场大咖，统领千军万马，

“麦”完点子又卖医疗。

当然，除了各种神人之外，普通老百姓也是一样的，因为人作为一种社会性动物，也只有在思想和物质上的自由达到一定程度时，才有能力去追求自我和社会文明的提升，正如前联合国秘书长安南所说，“我们的生活质量应该不是根据我们的财富，而是根据我们的自由来衡量。”

话说回来，这里还是想跟大家探讨一下有关自由的方法论。

罗胖子曾经在大学里讲过这么一堂让人醍醐灌顶的课：《这一代人的怕与爱——悲催的人生需要解释》。他站在历史的宏观角度，立在新一轮技术革命可能带来的空前就业危机前，让我们认识到这一代甚至接下来几代人的压力和恐惧，并且他还提供了一个U盘式的生存解决方案——自带信息，不装系统；随时插拔，自由协作。

坦白地说，这是一个不错的实现自由（思想和物质）的方案，虽然说得比唱得好听，但起码给了我们一个深刻思考的方向。当然，在这个大数据爆炸和眼球高于一切的互联网时代，还有很多的突围方法，我自己也在漫漫的实践路上，所幸就目前来说，迈出的第一步不算太差。

有关自由，我这里还想补充几句。记得念中学的时候，只要成绩优异，就会获得更多的“自由”，比如上课不听讲甚至交头接耳，老师也能够选择性失明，自习课随时跑到天台上拉手、吹风、数星星、等炸鸡，迟到旷课也不用挨骂受罚、伸直手臂半蹲着供班花景仰……要我说，其实这些我都大小经历过，并曾心安理得地享受其中。

但如你所知，这并不是一种真正的自由，而是一种特权。也就是说，即便你是万中无一的学渣，只要你爸是校长或局长，也可以享受这种“自由”。

这里还有一个有趣的旧闻，说有一位爷坐飞机，途中睡得正酣的时候，被某空姐叫醒，说快降落了，为了您的安全，麻烦把靠背收一下。

结果这位爷怒眼圆睁，大声斥道，你人怎么这样？！我认识你们局长！！

汗！我就纳闷了，这明明说的是靠背该不该收的问题，怎么就扯到了局长大人那儿呢？细想之后，发现答案如你所料：因为他认识局长，所以就应该享受降落前睡觉不收靠背的自由。

如你所知，以上两个故事都是“皇帝走了这么多年却还没有赶跑”的身份和特权思想的遗留，颇有“只准州官放火，不准百姓点灯”的神韵——之所以会这样，到底是因为什么呢？大家即便嘴里说不清楚，心里一定也多少有数。

依本人之愚见，自由的终极目的其实还是为了发展人文，同时人文又影响了自由的产生，打个不恰当的比方，他们的关系跟婆媳关系一样，媳妇最终是要成为婆婆的，同时婆婆对媳妇的影响能不深吗？

话说回来，让我们再简单聊聊什么是“人文”。人文往大的方向说是人类的精神文化，具体而言则是尊重人和个体的文化。在我从小到大的环境里，这个词其实跟中学时候的避孕套一样熟悉而陌生，熟悉是因为经常听到，陌生是因为很少实践——直到目前，打着大众利益幌子随意牺牲个体利益的例子俯拾皆是，“我爸是李刚”的各种版本的演绎也是淋漓尽致。

时间回到1861年，美国正在发生空前惨烈的南北战争，战争整整持续了四年，一共死了六十多万人，死亡人数比之后美国在第一次、第二次世界大战还有越南战争加起来的还多，完全出乎当时打着联邦名义发起战争的林肯乃至整个世界的预料。而这一切，都是因为黑奴的自由需要一个前所未有的出口。

然而，在100年后的今天，在文明已经空前发展的当下，我们的自由依旧束缚在乌克兰的上空、在印度的公交车上、在法国巴黎的《查理周刊》总部办公室，更禁锢在城市中每一个地铁口的人潮中、每一个为了致富而使人深陷的传销窝点、每一家同性恋酒吧里光线昏暗的洗手间……毫无疑问，这些地方时刻游弋着沸腾着的、不安着的和渴望自由的“via！via”的灵魂。

“智慧本身就是好的。有一天我们都会死去，追求智慧的道路还会有人在走着。死掉以后的事我看不到，但在我活着的时候，想到这件事，心里就很高兴。”如果把这段话里的“智慧”换成“自由”，不知道“死掉以后再也看不到”

的王二会怎么想呢？也不知道正活得热火朝天的大家怎么看呢？其实，这正是我一直用笔去描绘和追求的。

“让自由发酵，让人文发芽”，相信再经过一两代人的努力，自由之花终将在我们这片热土慢慢绽放，人文之树也会因为我们的热血而渐渐长大，并逐步以中国特色而又世界雷同的方式实现富民强国，直至实现13亿人的耳朵都快听出茧的伟大复兴……而这一切，让我们从读完本篇文字后开始吧。

二、毒疫苗的背后，藏着一个怎样疯狂的价值观

曾经有人质疑作家熊培云，说你就是个写杂文的，也不写小说，根本算不上是作家！

对此，熊老师的回答很有意思。

他说，我之所以喜欢写杂文，而不写小说，是因为在这样的国家，真实发生的各种事件早已超过了写小说所需要的想象力了。

也就是说，写杂文已经足以让他觉得有挑战和意义了。

对此，我一开始也不太理解，直到后来，才开始慢慢认同：从老人摔倒扶不扶到毒奶粉的猖獗，从拐卖儿童买卖器官再到现在的山东疫苗事件……这个社会正用一个个的恶性事件刷新着我们的三观，丰富而有“趣”，充满着恶毒的黑色幽默。我们的社会到底怎么了？

孔子在《论语·里仁》有曰：“富与贵，是人之所欲

也，不以其道得之，不处也；贫与贱，是人之所恶也，不以其道得之，不去也。”

意思是说，富贵是人人想要的，但如果用非仁道的方法获得，比如说烧杀掳掠、偷抢拐骗，那是无福消受的。与之相反，如果是因为行仁道而导致贫困，也是可以理解的，不用去理会。

对于孔圣人的这种观点，早已被这个社会漠视和遗弃了不说，甚至还有人冠之以糟粕的标签，说这是当时的统治者为了控制老百姓所采用的中庸思想教育……需知道，孔子真正的思想精髓并不是“中庸”（是否控制民心尚存争议，这里暂不探讨），而是“仁”，是一种独立于功名利禄之外的道德精神。

以前念书的时候，经常听到其他国家的留学生说，你们中国人啊，没有信仰！

我听到这话时还有些自豪，因为没有信仰，神鬼不惧，也不用像基督教那样有个审判日，该干吗干吗，万类霜天竞自由。

现在想起来，当时的自己是多么愚昧啊。没有宗教信仰跟没有信仰绝不是同一概念，而拜金主义的盛行和没有底线的逐利主义正是另一种畸形的信仰。

所以，“疫苗事件”在目前这个阶段基本无解。如果我没猜错的话，作奸犯科的人可能会暂避一下风头，可一旦这个热点过去（相信我，最多不超过48小时就会有新热点），他们还会回来，甚至会变本加厉。因为真正触及本质的问题没有解决，正如我们随便花重金请一些洋教头回来，却根本无法解决中国足球的问题一样。

在我们小区，到处都充塞着各种类型的补习班，数学、英语、韩语、跆拳道、钢琴、舞蹈等等。诚然，这些补习班能够提升我们的各种技能，让孩子提升自己的竞争力和未来的就业力。可遗憾的是，我看不到任何类似于孔子思想的这种无用的道德课堂（据我所知，目前国内有些高档小区已经开始有了）。其实，也不是没有人想到要开办，而是办了也无法生存，劣币驱逐良币。

所以我哥跟我说，为了让她女儿上好的学校，最近换房的时候，首先考虑的是附近有好学校的学区房。

我说这一点我倒不介意，因为我对整个中国的教育体系都有一种淡淡的担忧（不可否认有些地方已经开始尝试改变），上哪所学校真的有那么重要吗?

众所周知，我们的社会高喊“一手抓物质文明建设，一手抓精神文明建设”已经有很多年了。可结果呢？我们真的在两条腿走路吗?

目前，市面上一本新书的价格也就十几二十元，这个价格十几年甚至几十年来就没有变化过（即便这样，依旧有很多朋友宁愿买两碗牛杂也不愿意买份精神食粮），而我们旁边的台湾，一本书的价格基本已是50～60元人民币了。

所以，我之前辛辛苦苦写了好几年才出版的一本书，目前卖了一万册左右，也就拿了3万多的稿费而已（这还是属于业内比较高的版税），还不如一个房产中介随便卖一套房呢。

如你所知，公知现在越来越成了一个搞笑的词汇，跟诗人和校长一样让人嗤之以鼻。即便是大神级的韩寒，做公知做了这么多年，也早公累了，如今多年不写杂文。他说该说的道理已经反复地说了很多遍了，可不该发生的事件依旧层出不穷地发生着。

不得不承认的是，目前这个社会已经开始越来越重视精神文明建设了，各种法律也在慢慢完善中，但更多的是被动地由类似于疫苗、拐卖等恶性事件所触发的，而不是主动地提前建立。

当然，我始终乐观地相信，最终我们一定会建成那个道德和经济都高度完善和发达的社会，不过在此之前，还需要多少孩子的生命做代价呢？

三、“我佛有米，普度私囊”

时间回到一千三百多年前的唐朝，禅宗六祖慧能大师因缘悟道：“菩提本无树，明镜亦非台。本来无一物，何处惹尘埃。”一首看似简单的四句诗偈，却道出了佛法的无限精妙。

如今千年过去，物价飞涨，当年的佛度有缘人似乎变成了只度那些买得起6000元一炷高香的有钱人，一度是佛门净土的嵩山少林如今也俨然成了一个“想尽一切办法创收”的国家5A级景点，而作为禅宗祖庭的天下第一名刹更是悄然演变成了盈利丰厚的“有限无责任公司”。

这到底是与时俱进，走可持续发展的道路呢，还是恣意透支，泥沙俱下，一江春水向东流？

佛家有云：“道心之中有衣食，衣食之中无道心。”意思就是说，只要你有菩提心、有愿心、有为众生服务之心——说白了就是活雷锋，自然会衣食无忧。但如果一心追求物质，贪欲横生，那么愿心和奉献之心都将难以产生，而这两心都是修禅悟道的关键所在。

然而，如你所知，有关少林寺商业化的乱象从几年前便开始发酵，各种营销策略和推广模式堪称经典实用，足以写进哈佛商业案例。如今更是变本加厉，海陆空全方位圈钱、捞金，可谓令我佛侧目，让众生“景仰”。对此，商业奇才和全国人大代表释永信先生一语道破商机：既然迪士尼可以走进来，为啥少林寺不能走出去？

在如此英明的战略指导下，最近爆出的少林寺众弟子联名上书揭发释方丈奢华无度、淫荡腐败之事，也就完全可以理解了。因为既然是公司化运营，腐败和权斗那还不是家常便饭的事情。

不过话说回来，正如任何一个企业都有其生命周期，发展到后面，总会有关门大吉的那一天。那么试问，已经历经千年不倒的少林寺也会有自己的周期吗？当然，有些领导很短视，只管自己活着的这些年月的滋润——别说千秋了，即便百年之后的事儿，也早就高高挂起了。

记得大学的时候，有一个舍友是印度理工大学的交换生，人长得很符合国际章的口味，外号新德里汪峰，普通话发音比我还标准，可一旦唱起歌来又成了周杰伦。这位兄台是一个情种，来中国没几天就泡上个妹子，可没想到半年不到就失恋了，痛不欲生，天天不上课让人帮忙喊到，不吃饭让人帮忙打包，打完包还不怎么吃，最可恶的是有时候还不给钱……就这样折腾人还不够，晚上睡到一半居然会突然惊醒，蹦出几句谁也听不懂的印度话。

后来，实在没办法，大家便劝他出去散散心，再这样下去，就算他不垮掉，我们也没办法活了。考虑到此公来自天竺，想必对寺庙很有情结，于是大伙儿便开玩笑地给他推荐了一家远在郑州的寺庙。没想到，他还真的去了，修行了一个多礼拜，回来立马跟换了个人似的，谈笑风生，人淡如菊，神清气爽，海吃海喝……对此，我们似乎可以得出这么一个结论，佛家所说的普度众生确实不是忽悠人的。

可是话说回来，一晃多年过去，如今佛家的口碑已经大不如从前了。举个简单的例子，你走在大街上，看到某个僧袍和尚或某光头尼姑向你徐徐走来，脸上露出禅意莫测的微笑，手里还拿着个红绳结或开光护身符什么的，你肯定会立马弹开，像看到瘟疫似的逃走。

众所周知，“天下武功出少林”。这句话放在今天，或许可以这样理解：少林寺的变化正是整个社会变化的缩影。以此为镜，我们似乎看到，当今社会的老百姓，在铆足了劲儿地“在商言商”的同时，不在商的也尽量跟商业捆绑抱团，而“文化搭台，经济唱戏”的指导思想则像龙卷风一样来势汹汹且势不可挡地刮遍神州大地……

多年前，我们似乎还有一种叫作儒家的思想，即便有着众多的弊端，却依旧指引着那些无论是居庙堂之高还是处江湖之远的朋友，能够铸就出一份物质之外的信仰，一种修身、齐家、治国、平天下的责任。

可现在，所谓的精神文明建设不过是一句响亮动听的口号，喊了多年，我们的理想乌托邦依旧建立在物质文明的大厦上：高考填报志愿我们最关心的是哪个专业最好找工作，而不是孩子自己喜欢什么；相亲首先了解的是房和车，而不是彼此是否真正合适；毕业后第一时间琢磨的是赚够一桶金，而不是琢磨好这辈子最想要的生活是怎样……

如果不算太夸张的话，正是这种以物质为导向的价值观，才造就了这么多的释永信、王林，这么多的老虎、苍蝇，以及这么多的杀戮、移民……

所幸这一切的一切，在互联网革命下越来越透明的今天，我们已经看到了变化的端倪，看到了越来越多有识之士的不再沉默，看到了那逐渐普度众生的慈悲我佛。

四、扫黄

“爸，我在东莞玩被抓了，速汇款5000元到李警官工行卡×××，别打电话报警，也别跟妈说，等我出来，快！”如果你最敬爱的老爸突然收到这样的短信，你猜他会怎么着？英明神武的“李警官”收到这笔横财的概率又会有多大呢？

事实上，这是前段时间才出炉的诈骗手段——“东莞式”诈骗。背景我就不在此赘述了，大家应该都很清楚，不清楚的朋友要不就是学业缠身，两耳难闻窗外事；要不就是断奶不久，少儿不宜，这儿就更不应该普及了。

恰逢，本人近日出差至莞，来到这个所谓的男人天堂。作为一位直男，即便是平日风平浪静时，也容易躺着中枪，何况是天堂重灾期，所以这几天经常收到总部同事的慰问，如“东莞‘地震’了，没震到你吧”“大哥，昨天《广东新闻》里播的那个厚街某酒店中露胸没露脸的不是你吧”等看似关心却饱含戏谑的风凉话。

对此，一开始我还会急着撇清关系，生怕我的女上司鄙视和女同事误会，后来解释得闹心了，索性也就认了，说刚刚出来不久，谢谢组织关心！之后再在朋友圈里补一张酒店大床房端坐床头背靠镜头的照片。这样一来，慰问的电话顿时少了，耳根也清净了——由此可见，真理有时候还是不辩不明。

话说回来，东莞这种所谓的“地震”，带有一种热辣辣的讽刺，更带有一份后现代所固有的黑色幽默。网上有很多有意思的图片，或者是占满屏幕的幽幽烛光，抑或是一群短裙妹子在街边游行抗议，图旁还配有“东莞，不哭！”“东莞，挺住！”之类的标语，不知道的还以为东莞真遭遇到什么天灾人祸“911”呢，结果一看，发现居然是这码事。

对此，唯恐天下不乱的媒体也没闲着，一拨接一拨地发出追踪报道，说什么20万人的工作直接或间接受影响，什么的哥苦不堪言只因往日小姐打的出手大方今时车前门可罗雀，什么正经的东莞打工妹子找不到男友只能回乡嫁老单身汉……

我心想，这座城市到底是怎样演变成如今的样子呢？

记得很久以前（大概要追溯到20世纪了），东莞给我的印象还算本分，甚至还称得上是传奇。有关传奇一说，得从当年IBM副总裁的一句话开始说起：“中国的莞深公路，要是塞车的话，全世界四分之三的电脑就要停产。”如今时过境迁，世上再没有IBM牌的电脑了，世界工厂的声誉也每况愈下。要说塞车，那还是经常的事儿，不过影响最大的可能还是许多技师的业绩，没准还连带影响了某些大学生的伙食费——当然，这里没有任何讽刺的意思，恰恰相反，我觉得她们还是很伟大的。

世界上，有这么几个国家是合法嫖妓的。日本不用说，只要你交得起重税，别说卖身，开个丽春院都没人管你。

前不久看到一则专题报道，讲日本最著名的风俗一条街，里面游走着不少操着你倍感亲切的中国话的同胞们。他们甚至可能是你的老乡，老乡们的工作就是带你去任何你想去的风流地，当然收费也是不便宜的——要知道，这不是他们的兼职，而是他们赖以维持生计，而且是维持十几甚至几十年的上有老、下有小、中间还有家庭主妇生计的工作。

除了日本，还有德国。小时候，我就听说这个世界上只有德国一个国家认可妓女合法，觉得日耳曼人就是开放，很想见识一下。可这个“很想”一直没有遂愿，后来有机会来到泰国，原本想着看看人妖、摸摸大象，结果那儿的红灯区给我的想象力上了难忘的一堂课：那像好莱坞一样在群山上靠着海岸印着“芭提雅”的霓虹灯字体，那棕榈树下披着月色打扮得花枝招展等待男客的女郎，那似乎永远满员的免费通往红灯区的嘟嘟车，还有那叫作go-go的酒吧里穿着抹布扭动着腰肢的妹子……

说完友邦人士，让我们再回来聊聊咱们最早的一批性工作者吧。那还得追溯到好几千年前，某些原本过得好好的良家妇女，因为男人们打仗失败了，于是便成为俘虏，继而成了奴隶，任凭人家打炮。《史记·匈奴列传》中，就有“夏桀蓄女乐、倡优”的记录，可见老祖宗的黄史文化源远流长，一路走来，成就了苏小小、李师师（怎么都是叠字，也不知道是真名还是艺名）等众多佳话。

如今佳人早已随风而逝，她们的衣钵传人都成了地下党。有关莞式服务，大家即便没有亲自体会过，也多少看过“猪”跑。有关“猪”跑的电影有很多，比如前几年的《一路向西》。此外，在韩寒精心策划却只发布了一期的杂志《独唱团》里，有一篇文章叫作《你们去卅城》，是北山写的，也算是莞式服务的入门级课程了。

众所周知，比起“绿”带给男人们的危害，“黄”给我们带来的危险要多很多，比如教科书上常说的败坏伦理道德和社会风气，诱导人们沉溺于声色犬马、肉欲享乐之中，对家庭婚姻的稳定与社会国家的健康发展乃至伟大复兴更是有着破坏作用。除此之外，黄还可以传播多种疾病，“花柳病”那是大概率事件，恐怖的艾滋病也不是没有的事。

然而，即便黄有着罄竹难书的危害，但黄却屡扫不止。

粗略算来，光是东莞前后就扫黄了10个年头，其间有不下三个回合的大面积作战，第一批女技师上岗的时候我还在念中学，跟死党偷看他老爸的欧美床上动作片进行性启蒙呢，但每次扫了之后都像白居易说的那样“春风吹又生”。有人说，这次准不一样，因为有好几个大“老虎”都下了台，大有连根拔起的趋势。

对此，“老虎”会不会很快换张脸出现，我们不知道，只能拭目以待。不过我可以确定的一点是，扫黄完了，男人还得抓紧时间解决生理问题、娶老婆、生孩子。须知，男人的生理问题一日不解决，老靠“双手”那可是问题更大，不靠双手的就可能把手伸向社会，伸向午夜的街头，甚至大学女生宿舍。

据统计，东莞色情业的常客包括从欧洲和非洲过来的淘金者——这一点不难理解，我在泰国芭提雅就经常看到欧洲+泰妹（仔）的黄金搭档；另外，就是一些商人，常年离开老婆、孩子，身心疲惫，其中又以台商、港商居多；最后还有一个不可忽视的群体，就是来自全国各地的大量青壮年劳动力。

不可否认，这三个群体的情欲需求一日不解决，吃这行饭的估计就跟大禹治的水一样难搞。正如新东方的俞校长所担心的：“大家知道最近中国出了一件事情叫作东莞事件，这个好坏我们不加评说，但最重要的是有一个东莞定律，中国经过了中央台的暗访以及政府的检查以后，可以预期的是，在2014年或者是2015年东莞这样的市场会更加兴旺，这是一种可能性。这引发了在很久前经济学家总结的黄宗羲定律，每一次政府想要减轻老百姓税收的改革最终带来的后果是老百姓税赋的增加，这确实是事实。”

当然，比起这种担心，我更期望这番话带着恨铁不成钢的心思，心思的背后藏着满含泪水的期望，期望他们可以做得更好，而不是破罐破摔。

其实对于色情业，我没有太多话语权，既没有参与多少，也没有见证多少，顶多就是前阵子看了一篇南方人才网的专题报道，那是国内著名的性学教父潘绥铭教授十几年来对红灯区的调查，有兴趣的朋友可以去看看，里面的很多事情让我有些出乎意料。如果可以，我建议我们的领导人在做英明决策的时候，多看看有关这方面的研究，不要一味地以常规的思维去拍脑袋，结果拍出了意想不到的结果。

最后，再想跟大家分享这么一组数据，据统计，色情业经济效益达到了东莞一年GDP的14%，小姐的年均收入32万……种种数据表明，色情业的繁荣“娼”盛对经济总量贡献很大。对此，东莞某书记说了一句颇让人玩味的话：东莞要是因为扫黄而变得萧条了，那这个脸可丢大了。

当然，我也不想这样，要是真的萧条了，不仅丢脸，而且我们公司的业务也不好了，我的饭碗便可能丢了——对此，我的爱人一定会第一个出来反对。

五、所谓的《百鸟朝凤》，到底是“朝凤”还是“嘲讽”

最近几天，电影圈的一件事炸了锅。

由中国第四代著名导演吴天明执导（绝唱之作），陶泽如、李岷城主演的电影《百鸟朝凤》，此前获得张艺谋、李安、徐克、黄建新、陈凯歌、贾樟柯等多位电影人齐声助阵，但也难以挽回排片下降至1%的趋势，7天累计票房364万元。

5月12日晚8点，为该片志愿参与宣传的劳雷影业总裁方励，在微博上居然以下跪磕头的方式，求各大院线增加《百鸟朝凤》排片，一石激起千重浪，继而引发了地震式的争议。

这惊人一跪之后，票房确实是涨了不少。前天，《百鸟朝凤》保持住了1.1%的排片，上座率飞跃至31%，票房近

500万。

此外，华谊、星美等多家院线和影院也响应支持，称将增加排片，以表支持，5月14日预排片将升至3.7%。

但如果你真的以为，院线和影院的商人们是因为一个老人家下跪了，觉得可怜和同情，继而大发善心地增加排片，那可真是有些天真了。

当然，跪求之举确实让人动容，一个60岁的老人家，又是业界精英，情怀如海啊。但从本质上说，是因为媒体把跪求事件炒热起来，让更多的人知道《百鸟朝凤》这部电影了，继而愿意掏个几十元进影院凑个热闹，所以院线才愿意增加排片，有钱赚了。

片子我没有看，甚至之前连听都没听过，前几天去看《美国队长3》的时候，也没有看到影院有任何的宣传迹象——我们暂且假设这是一部好片子吧。

首先，一部好的纯文艺片本身定位就应该是小众，大众乐意消费的本来就是通俗易懂好消化的东西——你见过哪首大火的通俗歌曲不是烂大街的口水歌？

既然如此，为何要用一个为小众打造的东西去迎合大众，还要求人家埋单？

好好的一部高水准的《百鸟朝凤》，居然沦落到跪舔大腿地迎合风向，那不成了一个大写的嘲讽吗？

其次，我们可以参考国外的一些大片，人家能够把商业和艺术结合得非常好，哪怕不能像超级英雄式电影那样蝉联票房榜首，但起码也会圈到不少的受众。

诚然，跟他们比，我们还有差距，而且差距还不小，但我们不能以这样的心态去应对差距，一味地抱怨市场不埋单、抱怨观众的品位不高、责备电影院不配合排片……

这就像郭德纲在《过得刚好》一书里谈到的，相声界的很多同行或者前辈，见到郭德纲和德云社火得一塌糊涂，不去想着怎么提高艺术水平，总想着去相关部门告德云社的某些相声风向不对，要不就是抱怨观众的品位越来越低俗，怎么会喜欢郭德纲这厮的相声呢？

另外，这里还想举个例子，世界名画《蒙娜丽莎的微笑》毫无疑问是艺术界的瑰宝吧？可当初，这不就是大画家达·芬奇为了商业利益，被一个富人叫过去为其爱人作的画吗？

接下来想特别补充的是，此次跪求虽然体现了非常好的情怀（这里暂且假设方老是一时兴起的冲动之举吧），但终归不是一个好的现象，文艺片的明天绝不能靠跪求来撑起（光头徐峥导演就提议过，可以建设专门的艺术院线）。

所以，不管有多少的大咖助阵，也不管有多么古灵精怪的宣传方式，电影本身作为一种市场化的产品，其真正的硬道理，还是得尊重市场上最“通俗”的观众。

最后，还是希望电影《百鸟朝凤》大卖，以慰吴老在天之灵——作为一个创作者，我非常理解作品需要别人认同的心情，但也仅是理解而已。

六、冷漠的大多数

题记：宁愿做那好事的朝阳大妈，也不要做那冷漠的大多数。

（1）

十几年前，活着的王小波曾告诉我们，在我们活着的这片热土上，大多数的人都是沉默的。

这种沉默或许带有一丝黑色幽默的意味，或许只是迫于某种板凳、舆论和哲学所不得不作出的选择，并最终成了一种习惯或性格，甚至可以称为“智慧”。

然而，十几年后的今天，当越来越多的沉默者选择开口说话，大声说话，变着法儿呼天抢地拼了性命也要说一句话时，我们中的大多数人却开始变得越来越冷漠了。

这种冷漠带着凉飕飕的寒意，像是疯狂的病毒一样迅速占据了上亿国民的神经。

众所周知，沉默是一种语言上的态度，冷漠则属于行动上的选择。

沉默的人不一定冷漠，但冷漠的人就包括了沉默，就像老婆是从恋人发展过来，但恋人未必会成老婆一样。

（2）

前阵子发生的和颐酒店女孩事件只是一个窗口，透过它，我们看到了一种事不关己的炎凉世态，也看到了一个逐渐自信起来的社会的某种病态。

当然，不管我们看到的是世态还是病态，风景的特点就是，在被看到之前它便早已存在了——“你看，或不看，我都在那儿。”

所幸，很快地，嫌疑犯被抓到了，随之而来的是铺天盖地的对嫌疑犯和冷漠群众的抨击。

然而，当各种媒体集中火力声讨人性冷漠之时，却似乎忘了探讨事件背后的本质原因。

当然，也未必是真忘了——没准是选择性的忽视，抑或是迫于压力的隐藏——毕竟，不管是做一身凛然的正义之师还是拷问冷漠百姓的审问团，都要比《皇帝的新装里》说真话的小孩更“明智”。

（3）

《圣经》里有这么一个故事，说文士和法利赛人把一个行淫妓女带到耶稣面前，说按照摩西律法得用石头把她砸死。

耶稣看了看妓女，又看了看围观的众人，然后说，你们中谁认为自己没犯过错的就扔石头吧。

结果大家面面相觑，四散而去。

这个故事的寓意是什么呢？

有朋友会说，那还不简单，不就是告诫我们要仁慈地对待任何一个犯错者吗？！因为也许下一个犯错需要受罚的人就是你了。

这固然是故事的寓意，但我更想问的是，造成妓女犯错的本质原因是什么呢？

造成众人只顾拷问别人却不自省的真正原因又是什么呢？

冷漠其实是一面镜子，照到了每个人，也照到了这个社会。然而到底照出了什么呢？

是以金钱为导向的人与人之间的功利关系，还是应试教育体制下部分人的人格不健全？

是逐渐降低的道德约束规范力，抑或是使人瞻前顾后、患得患失且缺乏安全感的社会环境？

或许都有，且日益严重，可我不知道，我只知道“彭宇案”让人不敢扶老人，“许云鹤案”让人不敢做好事，某机构的一句“既然不是你撞的，你干吗扶她”更让人寒心……所有的“我知道”用当下网络流行的一句话来概括就是：雷锋要是活在今天，早就倾家荡产了。

当然，没有人是想破产的，于是“做好事的机会常有，雷锋不常在”的社会冷漠现象便愈演愈烈。

（4）

说到社会冷漠，不得不提一下以冷漠著称的日本。

大学时我有个朋友去日本做交换生，待了一年，感触颇深。

他说他在做兼职的时候发现，那些日本同事普遍都有这么个特点：上班时特别热情，让人有一种宾至如归的感觉，可是一下班就特别冷漠，路上遇到了九成是当作不认识而且不打算认识，其变化之大、变脸之快让他甚是崩溃。

他还举了一个例子，说有一次搭地铁，有一个不知喝醉还是犯困的时尚女郎靠在旁边一个陌生男的肩上。几站过后，陌生男直接就下了车，任由女郎重重地摔在凳上。与此同时，地铁上虽然人来人往，可却根本没有人叫醒那女的。

如你所知，这两个故事又是一个窗口，我们透过它看到了日本式的冷漠，但这种冷漠似乎有不同之处，他们更多的是针对世界，因为文化，我们更多的是针对平民，因为害怕，你怎么保证那个女的不会突然醒来告你非礼或钱包丢了找你要？！

（5）

最近，总能看到各大媒体折腾“拒绝冷漠，唤醒真爱”的专题，还有些人干脆就拉了个横幅到街上去喊。

说实话，这个口号和举动都是非常苍白的，喊得是非常热闹，起到的效果却微乎其微，如果你要让一头羊热情点对待受伤的但可能是披着羊皮的狼，前者会是怎么一种感受呢？

世风日下，也许学雷锋早就成了一句口号，也许早应该把见义勇为改为见义智为，但我真诚地希望有一天，在尘嚣满地的道路上，一辆车驶过，一个老人或儿童跌倒在地，众人在“呼”的一声冲上来帮忙的一刹那，脑海中不会闪现出隐隐的担忧。

七、魏则西之死：在生与死之间，到底由谁来“百度”

（1）

最近几天，百度又火了，单日市值蒸发53亿美元。也不知道我们的高富帅李彦宏此刻会是怎样的一种心情。

众所周知，作为BAT（百度、阿里巴巴、腾讯）里的领头B，这些年是每况愈下，远不如A和T那样风生水起和深得民心。

也难怪，正如著名的自媒体人罗振宇在2016跨年演讲《时间的朋友》里所调侃的那样，坐庄多年的BAT三巨头也许可以考虑换一个字母了，比如说JAT或者DAT（京东或滴滴），甚至ATM（小米）。

当然，他们离百度还有很大的差距。但是，在眼下这个瞬息万变的时代，在水能载舟亦能覆舟的人人皆是自媒体的时代，谁又能保证百度不会在下一转角就崩盘呢？

而推动“多米诺骨牌”倒下的第一张牌，也许就是今天我们要谈的魏则西事件。

（2）

如今，这事儿正铺天盖地在各大媒体发酵，具体剧情本文就不再赘述了，只想给大家简单梳理一下：

5月1日，网文《一个死在百度和部队医院之手的年轻人》在网上爆出，瞬间点燃了五一黄金周的朋友圈和微博：西安电子科技大学学生魏则西，因身患滑膜肉瘤去世。其生前求医过程中，通过百度搜索看到排名前列的武警北京总队第二医院，在该院生物诊疗中心接受“免疫疗法”治疗，花费二十多万元无济于事，后发现该医院有很多虚假不实的宣传。

5月2日，百度因此事被调查。同一天，重案组派出多路探员，回访武警二院生物诊疗中心并请教多位医疗、法律专家，对这一事件进行全面梳理、追问。

5月3日，该事件在全网继续发酵，百度市值持续蒸发，李彦宏被约谈，媒体和相关部门聚焦此事。

值得一提的是，其实在早先就有公开报道，某些医院在搜索引擎上的推广费用占其营业额的70%～80%，甚至有医院一年收入不过1.2亿元，其中1亿元都投给了搜索引擎。

如此高额的广告推广费用，靠打开大门、正道经营，肯定会入不敷出，难以为继。

于是，“虚假宣传和过度医疗”成了医院从患者身上攫取利润的不二选择。

因为只有医疗欺骗，才会有高额利润，才能承担巨额的广告支出。

如你所知，这种做法一来让患者花费巨大的金钱，二来延误了最好的救命时机。

而魏则西正是这残酷的商业利益链条上的受害者，其年轻而渴望飞翔的生命，在搜索和利益面前，显得是如此渺小而苍白。

（3）

不可否认的是，百度的公关团队确实高效，很快就删了相关帖子，也有意识地进行舆论引导，并且对外宣称已跟逝者父亲达成了友好协议。

但所幸的是，当下再也不是那个信息封闭的社会，越来越多的老百姓已经醒来，不愿做沉默的大多数，而成为敢于跟权威和巨头较劲的有志之士，比如说最初爆出此事的网文作者。

值得一提的是，我几年前曾在中山大学上过一周的总裁培训班（我不是总裁，陪领导读书而已），当时给我们讲课的是一个业内非常知名的老师，出场费一节课达到两万元。

我们跟她开玩笑说，老师你课讲得确实非常好，可就是太贵了，一年最多请一次就吃不消了。

结果她认真地告诉我们，大部分的费用都用于做百度竞价了，要不然你们怎么搜得到我？要命的是，百度的竞价费用是连年疯涨啊，比房价还恐怖，我都快做不下去了。

听得我们是一阵愕然——原来我们交的巨额培训费，是在给百度员工发工资啊。

对此现象，网上其实早就有相关说法了——虽说未必属实，但从某种程度上说，折射出了一些现象：

“如今的百度早已从一家搜索引擎公司，变成了人尽可夫的三陪女郎，给钱就给上，谁给的钱多谁先上。”

其实从个人的角度去看，造成今日这样的局面，跟当年谷歌的离开有一定的关系——当然谷歌中国确实做得挺一般。

正是因为没有强悍的竞争对手，才让所谓的“更懂中国”的百度成了当仁不让的老大。后果就是，这个搜索行业的垄断哥，为了每年的财报更好看和股东的钱包更丰满，殚精竭虑地想尽一切策略捞金。

（4）

逝者已矣，生者当真能如斯?

毫无疑问，魏则西的离开，对于他的亲朋好友来说，是一件痛不欲生的事。

然而，对于这个复杂而残酷的世界，对于更多的忙碌的世人而言，或许只是一则再渺小不过的新闻，一个48小时过后就会忘却的热点，而更“懂”我们的百度，其跌落的市值还会回来，甚至会攀到新高……

只不过，在风波正式过去之前，我依旧希望以文为刀，写下一点点的力量，发出自己的声音（哪怕它再微弱），以唤醒更多的不愿意装睡的人。

可以预见，在接下来的3年，百度依旧是民众接收信息的最大窗口，我们也依然会信任它，依赖它，把它作为权威的信息来源，不过3年以后呢？类似于魏则西这样的事件持续地发生3年又3年之后呢？

最后，我想问的是，在医院和商家争相逐利的时代，在精神和道德信仰空前匮乏的社会，在我们的生与死之间……到底该由谁来摆渡？！

八、失联

题记：有时候遇到一个人觉得很有意思，很投缘，可是后来再也没有见过。

——王家卫

众所周知，每年都会有些新鲜火辣的词语涌现，饱含中国特色，浸淫文化热点，比如说去年对“女汉子”的疯狂“点赞”。2012年时“屌丝”常挂在口中的“元芳你怎么看”，确实一度让耳朵长茧，胃口大减。今年还没过完，但有一个词相信大家一定不会陌生，那就是“失联”。

一说到失联，大伙儿可能会立马神经紧绷，神情黯然——如果恰好有读者亲友不幸有过类似经历的话，恐怕本文是读不下去了，没准还会问候几声笔者二老。其实对于他们的问候，我要是硬着头皮说“我能够理解，朋友请节哀，日子得往前看，你觉得呢"之类的废话……肯定会被骂得狗血淋头：你理解个毛线啊理解？！你有亲人失联过吗……对此，语塞的我只能试着猜测：如果说失恋的痛苦在于被一个人抛弃，那么失联的痛苦则是被一个世界抛弃。而且最痛苦的是，这份抛弃在来临之前，连手牵手、眼飙泪、say goodbye 的机会都没有。

作为一种饱含智慧且富有诗意的现代交通工具，最近飞机确实不太平，跟玩儿似的。当然，被玩的人可就没这么有幽默感。都说有些人死得轻于鸿毛，有些人死得重于泰山，更有些人如《死神归来》般死去活来再无奈逝去，我却很难想象这样无端端地在飞机上失去了踪影算是什么。说走就走，莫名其妙，尘归尘，土归土，从哪里来，回哪里去，一晌贪欢不成，却已是天人永隔……

更糟糕的是，马年的时候，网上某神人统计，几次空难居然都与"马"有关。前后两次震惊全球的马航就不说啦，阿尔及利亚的飞机正是在马里坠毁的，而前不久的台航也是在飞往马公机场的时候出事……如果说命运无常，造化弄人，那这个能玩转地球的造化到底是什么呢？作为一个无可救药的无神论者，我也不得不为这个世界的运转感到无能为力的困惑。

谈完造化，我们再聊回科学。从大数据上分析，飞机的确是非常、特别以及十分安全的，不过依旧很难说服我这个标准的大学理科生。原因很简单，因为飞机一旦出事就意味着被判了死刑，除非你运气足够好，但运气好的人应该也不会摊上这种事儿。

至于其他交通工具就不一样了，你起码还有把控的机会。就是说，即便真中彩了，智勇双全、满血开挂的你还能够看准时机，赢得生机，继而逃出生天，甚至全身而退——毕竟好莱坞大片看多了，“世界末日”也经历了无数回，各种求生技能也被迫增强了不少。

给大家举个不算恰当的例子吧，记得刚考完驾照的那阵子，夏天开再冷的空调我都能汗如雨下，因为每次开车我都非常担心，觉得一切都不由我掌控。来往的行人和车流是如此之浩瀚，总有些不打灯就变道、没预兆就急刹、中国式抱团过马路、绿化带突然杀出个犀利哥、颇具想象力的故意碰瓷等违规现象，即便你开得再规矩、再遵纪，也感觉自己像风雨汪洋中的一只小舟，随时要被迫“亲密接触”。

比起开车带给我的恐惧，第一次坐飞机的感觉要更强烈，虽说没有《屌丝男士》的大鹏那么严重，以致连电视节目都不敢录，却足以让我有一种“颠簸在云端”的危机感。心想倘若真的发生不幸，在那一刹那到来的时候，估计连开机最快的手机也没办法留下遗言。

所幸后来，在对车震的无限憧憬下，我的车技直线飙升，手心也不再冒汗了，因为我发现其实行车安全还是能自己把握的，只要不睡驾、不酒驾、早预判、多让行，同时记得保养车辆就好，可对于飞机，不论是坐还是开都不会给我们半点机会。

由此我得到这么一个结论：宁可坐在宝马车里失身，也不愿坐在头等舱里失联。

当然，本文并不打算苍白地控诉航班安全和恐怖分子——如果控诉有用的话，还要警察干吗？即便是神勇无敌的警察，现在也有些无计可施，不过那不在本文探讨的范畴。其实细心的读者也早就发现，本文题记就不是说飞机的嘛。的确，飞机失事让人刻骨铭心，可那毕竟不是常态，真正的常态还是我们正过着的日复一日的荒诞生活，还有那些在生活中悄然失联的人群，即便这些人一辈子都没坐过飞机。

说到这儿，让我们暂时穿越到飞机发明前的古代。

要知道，那时候失联还真是一种常态。兵荒马乱的战国时期暂且不说吧，太平盛世时出外打工或上京赶考都跟发配边疆一样不靠谱，即便不会遇到鬼妹聂小倩，也可能遇到母夜叉孙二娘，别说真正中举的秀才凤毛麟角，就是毫发无损地安全回乡也是件值得烧高香的事。

此外，看过梁祝的都清楚，那时的爱情很多时候得靠云信传书或驿站跑马。也就是说，如今一个手机能够解决的问题，以前不知要费多少粮食、养多少只鸽子或良驹，遇上天气不好，不知道要等到猴年马月去了。

回到当代，如你所知，二三十年前，没有信封邮票就是失联，后来没有BB机电话就只能在你家门口蹲点，紧跟着到了诺基亚之类的手机不可或缺，现在是没有了网络就感觉被全世界抛弃。

我高中有位女同学，叫小婷，跟我很熟，几年的朋友了，大家一起去种过青菜、踩过单车、看过落日……这样说下去有朋友可能以为是我的初恋呢，其实算不上，顶多就是两大无猜，心有情愫，有缘无分……不过这些都不是重点，重点是上大学之后，突然有一天她给我打电话，说借2000元钱，也没说任何理由。我觉得很莫名其妙，觉得借钱借得很不靠谱，也就没有理会——实际上我自己也没有钱，后来听一个朋友说，小婷也管他借钱了，可能是去打胎，也可能是辍学去流浪，总之后来死活联系不上了。

一年之后，我居然接到了她爸的电话，问我见没见过小婷，都快一年没音信了。

我一夜无眠。

都说到这个份上了，我就顺带做个寻人启事吧：朋友个子不高，皮肤较黑但很健康，身材娇小但姿色上乘，胸器袭人但不足以吓人，记忆中一直是长的黑发，如今可能已经剪短，或是染黄。当年是单身，如今可能已经出嫁，甚至可能出家，喜欢上了跳广场舞或是移民到了澳大利亚……如果有朋友恰好看到，不需要联系我——就让她随风而去吧。

跟小婷一样，很多老友早已经“苟富贵快相忘”了，很多情人都成了别人的老婆或是不小心失足到东莞去了，很多别人的故事还没有杀青，我的戏份就已经完结……借问邂逅何处有，路人遥指电影院。生活中，哪里有这么多重新邂逅啊！我跟前女友分手都快10年了，而且同在一个城市，截止到本文完稿前依旧还没邂逅过。

金庸小说里的“青山不改，绿水长流，转角下一章又在江湖某个客栈或山顶遇见了”的大侠们，那恐怕是见了鬼吧，你要说是在一个村或一个镇里我就信。

在这个希望和绝望横溢的世界里，处处充满着失联的陷阱，爆炸跟地震随时可能发生，空难跟矿难随时占据头条，十几年的墙脚亦随时可能被挖走，你那童年的城市也可能在一夜之间变成厂房……你甚至还可能跟过去的那个你失联，当你追名逐利多年以后，当你车贷房贷和女儿的嫁妆都搞定后，历经世事再久别重逢时，他早已是白发苍苍，步履蹒跚——而这恐怕正是在本文中絮叨到现在的我，最不希望看到的事情吧。

九、人造病毒

最近看过这么一个段子，是有关窗户开关的。

群众问：怎样防范雾霾？专家答：尽量待在家里不要开窗户。再问：怎样预防禽流感？专家再答：多开窗户通风——众人惊呼：横竖都是一死啊！

有关这个段子，其实没什么好说的，关键词无非有三：雾霾、禽流感和专家。如文题所示，本文主要想跟大家聊的是病毒，而且还是人造的，所以伟大而无处不在的专家们还是先一边暖和去吧，咱们之后再议。

据新闻报道，上海有一民众因不幸感染H7N9不治身亡——如你所知，当下H7N9带走人命的事儿三天两头就发生一回，跟“泥头车撞翻人”一样是媒体常客，实在算不上新鲜。唯一新鲜的是，这回出事的是救死扶伤的医生。这就像是一个AV女优因为拍片兴奋过度挂于床上一样，死于自己的专业，可见极其遗憾。更遗憾的是，该医生还是在死后才被检查出感染H7N9的，也就是说，死得不明不白，堪称敬业。

当然，那些能侥幸能活下来的也未必有好果子吃（没半点诅咒患者的意思，只是深表忧虑而已），记得去年看过《南方人物周刊》的一则专题报道，是回访10年前SARS患者的。报道指出，这些患者虽然在经过10年前那场浩大的疾病之后，侥幸捡回了条命，但大部分人都存有各种各样的后遗症，其中很多医护人员也不例外。最可恶的是，由于病情特殊，之前的医疗保险都没有兼顾——简单来说，就是后续的治疗费用无人埋单。为此，有些人惨遭家人抛弃，尝遍人情冷暖；有些人则主动抛弃家人，怕拖累别人……如今多年过去，SARS哥早已远离，H7N9妹不期而至，或许情况会乐观些，但谁又能确保没有更坏的可能呢？

之前看过一部韩国电影，是有关病毒的（类似的题材美国佬经常拍，没什么新意，偶尔转转韩风也是不错的），名字就叫《流感》。影片中讲述了韩国的一座城市因为致命流感的爆发几乎全城覆灭的故事，其中的爱情、亲情以及国情都颇有看点。总的来说，剧情既合乎逻辑，又合乎情理。只要不是无可救药的盲目乐观者，都知道这样的事情随时都可能发生。作为一个科班出身的非专家，我从未对此表示乐观。

大学的时候我学的专业是生物技术（这破专业当时号称21世纪最烫手，后来发现热到现在还没热起来，就业率常年居低不上），其中有一门必修课就是病毒学，经常做的实验就是像养宠物一样养一些病毒。当然，病毒要想存活就得健康，就得有一个“房子”，所以那时的我们，就经常在培养皿里盖宜居“房子”，临时扮演病毒的“上帝”或“开发商”的角色。不过由于我当时技术粗糙，手脑愚笨，以致很多病毒都无法成功存活，挨了不少老师的唾骂和同学的鄙视。学了一年下来，最大的欣慰就是：人类是不会因某种病毒而灭绝的，因为没有哪种病毒的致命率是100%的，总会有人有抗体的。除此之外，我还有一个感悟，就是更相信“相由心生”这个成语了。因为老师给我们看了很多恶心病毒的样本，发现都是极其丑陋而不规则的，大家感兴趣的话可以上网看看一些病毒（如艾滋）的肖像——当然，我建议还是饭后看。

说到病毒，不得不提一下病毒界的大boss——黑死病。这玩意之恐怖，听名字就知道了。黑死病的表现形式有三种，也可理解为三个版本，其中3.0最为吓人，叫作败血性鼠疫。一旦患者体内的黑色病毒被检测出是这个版本，就等于直接宣判了死刑，而且还是立即执行，不得保释和缓刑。

作为人类历史上最严重的瘟疫之一，它在中世纪让欧洲几乎30%的人口重新投胎（不是我危言耸听，我也是查了维基百科的）。换句话说，一个三口之家总有一个人会挂，没有多少个家庭会完整，除非家庭成员都是孤儿，而且还没有儿女，所谓上无老下无小的。说到这已经有些偏题了。我想说的是，未来，这样有着毁灭性的病毒会不会再次来袭，谁也无法肯定。反正我是做好了准备，而且只能是心理准备——毕竟其他准备都是白搭。

从小到大，由于经常锻炼的缘故（如果“追女仔”也算是跑步锻炼的话），我个人的身体一直以来都比较健康，去医院的次数比去女生宿舍的次数还要少，仅有的两次让我印象深刻的都跟病毒有关。第一次还得追溯到20多年前，因为出生时没有打疫苗的缘故，小学的时候长了那个什么水痘，高烧不退，折腾了一个多星期，结果我从一个可爱的胖子变成了一个英俊的瘦子。另外一次是发生在高中，因为旷课跟一个美女泡温泉，结果让我失去了一个姑娘和全年级第一的“江山”（得了皮肤病折腾了1年多，导致学习成绩斜线下降）——当然，这是有些吹嘘了，即使没有这个事故，我也未必能赢得美女和拿全年级第一。

我真正想说的是，对于病毒这种东西，平时再健康都是白搭。这就像是H5N1型禽流感病毒，越是健康的人越容易被感染。究其原因是，病毒会引发免疫系统内细胞因子猛烈快速地感染肺部组织，而这种免疫系统化学物质的过度反应很可能是致命的。由于年轻人的免疫系统更加活跃，因此反应也就更强烈。

去年有一阵子，雾霾的事情让我们在平淡苦闷的上班日子中找到了不少幽默，只可惜是黑色的——让我印象最深刻的是这一句：“世界上最远的距离。是我牵着你的手，却看不见你的脸。”依我看，即便是这样，我们还可以继续乐观下去，毕竟看不到的是脸，对于长相比较奇特的人未必就是坏事嘛。此外，雾霾这种东西是心血管疾病患者的“福音”，可以让患者病情瞬间加重，严重者就可以跟这个可怕的世界拜拜了，投胎转世回来我们就直接进入发达国家了。

话说回来，雾霾跟病毒之间的关系就像是艳照和网络的关系，因为后者，前者变得更容易传播，而且是以你没办法想象的速度。考虑到这一点，我还是希望能够谁都能看清脸，不管她脸上有没有长痘。

肯德基不久前因为白羽鸡事件频频见诸于网络，一石激起千层浪，大家纷纷怒斥肯德基为没良心企业，后来肯大爷还特别做了一个针对性的广告，希望能重赢民众的信心——要我说，这可没那么容易。民众对食品企业的信心估计还比不上对中国足球的。

过年的时候，我回到老家，那边空气非常清新，只要是根菜都是无公害的，只要是只鸡都是走地鸡。不过，让我开心不起来的却是门前的那条江，以前那是深可见底、清澈如泉，如今虽没成为“黑龙江”，但已经是颜色诡异、气味复杂。一打听，发现前几个月镇里开了个造纸厂——当然，乐观的我还是看到了这么一个报道，说是广西某个地方的长寿村变成了癌症村，比起那儿，我们这完全可以叫作“天堂”了。

在《黑客帝国》电影中，特工史密斯称人类像病毒一样不断破坏地球，所以他一直希望打造一个更干净的地球，即便是虚拟的。

大学的时候，有段时间我不知发什么神经，总在怀疑人类是否真正统治着这个地球，或者真正的主人另有他人，比如说某种病毒，他们经过几万年的进化，已经具有非常高的智商，只是由于身子微小，我们看不到而已。

我把这个说给很多朋友听，他们都难得意见统一地把我归类于唯恐天下不乱的“狂想症”患者。我知道，各位读者也会这样认为，但是我真正想说的是，如果人类一直这样急功近利地发展下去，或许这就不是痴心妄想，即便现在不是事实，可未来又谁能说得准呢？

十、向死而生，便是最大的自由

时间回到二十年前，1995年3月20日，一个名叫松岛纪香的年轻姑娘吃完早餐，换上了前几天男友送的柠檬色碎花裙，并在偌大的落地镜前搔首弄姿，随后心情欢快地离开了家门。

这是她毕业之后第一天上班。经过多月的努力，我们的纪香同学总算梦想成真了，找到了一份理想的工作，在政府大楼从事文职，带编制，铁饭碗，不加班，福利好。

正所谓“春风得意马蹄疾，一日看尽长安花”，纪香像是踩在音符上一样漫步在晨风中。风像是个调皮的男孩，肆意地翻动着她的裙尾。所幸风是暖的，夹杂着万物复苏的春意。很快地，纪香便来到了地铁站，其间路过了一家未开门的内衣店，两家刚开门的寿司店和若干个24小时不打烊的7-11。当然，一路上少不了的是刚刚从晨勃中爬起来的各种男性的明暗秋波。

纪香家附近的地铁是千代田线，该线像一把尖刀一样贯穿了市区的CBD，现在恰逢上班早高峰，车厢里人满为患。对此，她显然缺乏心理准备，唯有花容失色地被挤在了车厢一隅。所幸，纪香上班的地方并不是很远，也就是3站而已。

然而，正是这短短的3站，花了她一辈子的时间去走。

地铁才刚刚开动没多久，纪香突然觉得前面的人流发生了剧烈的骚动，伴随而来的是女性的尖叫声、男性的怒吼声，声音由远而近，声线由小变大，开始她还以为是有人在前面打架或性骚扰而已。可就在短短7秒后，她便意识到不对劲。

一股从未闻过而且异常刺激的味道猛地袭来，口中随即分泌出了一种莫名的黏液，这种液体让她感觉有些窒息，心脏跳动随之加剧，意识也开始逐渐模糊，一种世界末日的感觉在大脑间倏地闪过……

等她再次醒来的时候，发现自己躺在了医院里，随后知道这次事件是人为的，跟她一样中毒的还有5000多人，受伤程度轻重不一，甚至有不少人已经死亡，可让她万万没想到的是，在接下来的20年里，她都将继续煎熬于此。

以上这起事件，曾毫不费力地震惊过全球。而事件的始作俑者，正是来自日本的奥姆真理教。此教居然如此疯狂而无脑地认为，用屠杀的方法可以加速世界末日的到来。

环顾古今中外，除了上文所提到的真理教，其实还有不少的邪教打着世界末日的幌子疯狂作恶，比如说曾号召全体教徒集体自杀——奔赴所谓的“天狼星”，以躲避世界末日的太阳圣殿教，或是我们耳熟能详的曾为麦当劳做了免费代言的全能神教。

当然，除此之外，还有一些相对温和的末日宣言，更值得我们拿来探究，其中就包括跟亚当和乔布斯一样，因为一个小小的苹果便名垂青史的牛顿，神秘到据说破译了“希特勒”“萨达姆”，甚至包括上面那个放毒气的“真理教”等历史关键词的圣经密码，定格于2012年的玛雅日历，以及那足够开好几个动物园的诺亚方舟等等。回到我们泱泱大国，在有关预言的最为著名的奇书《推背图》和《易经》里都预示了2012年的大灾难。

但如你所知，“期待已久”的末日并没有如期而至，可也不能因此否定古人的智慧——毕竟这些所谓的解读和预言，都是现代人的主观意淫。

话说回来，历史已经发展到了2016年，但这个文明的世界对末日的热情却丝毫没有减退，其中最不能忽视的就是宗教了。

正如说到人就不得不提中国人一样，提起宗教肯定是避不开基督教了，因为它是世界上最大的教派——能拉上关系的人类，有20亿上下，占地球上高级智慧生物的三分之一。

基督教把世界末日定义为“审判日”，具体是指人类的行为惹怒了上帝，后者给予人类惩罚赐死的那一天。那天神会出现，将死者复生并对他们进行裁决，分为永生者和打入地狱者。

除了基督外，末日论在伊斯兰教里也非常盛行，该教认为：整个宇宙及一切生命，有一天终将全部毁灭，然后安位使一切生命复活，即复活日来临。对此，《古兰经》有特别描述：“大地上所有的一切将终朽坏。只有你的具有庄严和尊贵的主的本然长存。”

当然，本文并不打算一味地从神学、玄学或宗教去探讨末日。毕竟各位同学从小都是受唯物主义思想的熏陶长大，丢什么也不能丢科学吧，所以接下来还是让我们回到所谓的科学角度，去探寻一下世界末日的可能性。

刘慈欣的《三体》用恢宏壮观的笔触描述了这么一个末日：三体文明发现了地球生命，为了生存繁衍，从而开启了对地球的恐怖入侵。地球面对危机，想尽一切办法，先后依靠逻辑和程心把外星人赶跑，维持了暂时的太平，其中还引用了“黑暗森林”这个概念，合理解释了“为何到目前为止，还没有外星人在地球露脸”。

整个故事很长，硬知识也有很多，如果你不是科幻迷或没有着比较好的理工生背景，恐怕需要有“陪女友逛街选衣服”的耐心去啃此书了。

当然，除了外星文明的侵袭之外，还有几种可能会导致末日到来。对此，大家肯定一点都不陌生。要知道，每年都有大量的好莱坞电影为我们普及，具体总结如下：

1.机器人有了智慧，转而消灭人类，占领地球

对此，好莱坞科幻电影奠基之作《银翼杀手》和美国州长的《魔鬼终结者》系列都有所提及，虽说从结局来看，都是毫无悬念的人类拯救地球，世界恢复和平。可这毕竟是人类的电影啊，等真正的终结者出现后，我可就没这么乐观了。要知道，前不久比尔·盖茨、霍金等大神还在大声疾呼：一定要注意那些机器“生命”的出现！

2.病毒或异形

地球产生某种超级致命和传染性极强的病毒，比曾经让欧洲死了三分之一人口的黑死病还要恐怖十倍，瞬间席卷世界，只留下类似于《我是传奇》的威尔·史密斯。至于异形，恐怕各位也不会陌生，系列篇都拍到第6集了。

3.环境污染造成了毁灭性的自然灾害

如臭氧层漏洞、沙尘暴等等，代表电影有前阵子又火又烧脑的《星际穿越》。

4.外星文明侵略

宇宙这么大，我个人是坚信有外星人的，即便他们还没有成为人，或是已经变成了超人。

5.其他

比如说热核战争（眼下ISIS这样搞法，即便不是世界末日，对某些人来说也是末日），或是我们从小就熟悉的不明彗星撞地球，抑或是太阳燃烧完毕。

就个人来说，我相信地球真的有其末日的那一天，而且比较有可能的是第一和第四种情形。所幸的是，文明的消亡，绝对不是那么容易的事情，即便地球寿终正寝或毁于一旦，文明也会在其他地方找到出口。

至于我自己，即便再怎样乐观，估计还是不太有机会目睹这一盛况了，毕竟不是每个人都能像《三体》的“执剑人”一样，冬眠好几回，跨越几世纪，从过去走向未来。

著名的互联网脱口秀节目《逻辑思维》在开播的第一集就挑了这么一个话题——《末日启示：向死而生》。通篇讲了不少末日的歪理邪说，其间阐述了这么一个道理：“我们每个人，都是带着末日去生活的。这就是像德国哲学家海德格尔讲的，叫向死而生，亡是一种状态，而我们活着就是死，就是去死，不断地逼近那个亡的状态。”

正如在《三体》里，有这么一句话让我甚是感慨：“死亡是唯一一座永远亮着的灯塔，不管你向哪里航行，最终都得转向它指引的方向。一切都会逝去，只有死神永生。”引用这样一段话，并不是教大家悲观。恰恰相反，只是希望大家在有限的生命里，尽可能地为自己多活一下，自由去思考、去恋爱、去追梦。

当然，倘若当我们在人世间烦琐的束缚中修行，在追逐自由的路上昼夜奔袭，一不小心遭遇了世界末日，那也算是一件幸福至极的事儿——因为无处可逃，往往就是最大的自由了。

剩夏

夏天是我的一个小师妹，其人甜而不腻，活而不泼，是个典型的爱国爱家爱宝宝的居家型有爱青年，可惜……

也是一个资深了7年多的妙龄剩女。

故事得从2007年那个炙热的夏天开始说起，那时的她刚斩获了一段无聊的“毕业那天我们一起失恋”式的爱情。甩她而去的是一个来自哈尔滨的小鲜肉（分手后遂被夏天改成了老咸肉），理由是广州的夏天太热了，不适合自己，自己还是希望回到遥远的北方，那个冬天会飘雪的地方，支援家乡建设。

一语双关，夏天是广州妹子，也是个热情而骄傲的姑娘。所以她没做太多的纠缠，暗地里哭晕了几回后，横刀立马，就此作罢，重新回归“人见人爱车见车载”的单身狗。

1．守城

毕业那天，在扔完学士帽的那一刻，还没等帽子享受完自由落体，夏天就一道烟地蹦到了我面前，说师兄啊，我刚给自己定了一个人生终极梦想，你来见证一下吧。

我说好，你赶紧说，你那帽子好像被环卫大妈盯上了。

夏天沉思了几秒后，无比呆萌且字正腔圆到几乎咬牙切齿地说：

守一座城到老，爱一个人到老。在这座城，跟爱的人，好好在一起，奋斗，玩耍，生儿育女，组建一个教科书式的幸福家庭……

我差点没给吓倒，立马劝道，大姐你才刚跳出火海，干吗这么急着进油锅啊？！前咸肉之鉴，还历历在目啊……等一下，你不会在跟我暗示什么吧？

夏天顿时乐开了怀，想得太美图秀秀了吧你，开学第一天我就学会防火防盗防师兄啦，赶紧帮我捡帽子吧。

夏天的第一份工作堪称高大上，去的是一家门槛极高的500强外企，当年号称快消行业的高管黄埔军校——P&G，司职培训师，长期驻守广州，时而出差全国，偶尔跑回美帝总部。

眨眼两年逝去，夏天也与时俱进地出落得更漂亮，更知性，更懂做PPT，出差的时候也更会看手机导航……不过心仪的男神，却始终没有出现——用夏天的话来说就是，依旧在其他姑娘那儿，接受着“五星级老公岗前培训”。

我说你该不是喜欢上师兄了吧，师兄不娶，师妹不嫁是吧。

夏天随即给了我一个本世纪最漂亮的白眼，说猜对了，贫道就是对你如此的痴狂。

其实夏天只是表面上随意随缘，但心里比谁都着急。这两年来她没少出席各种哪怕只有一个异性出席的晚会，参加各类莫名其妙的聚会，从婚礼到满月酒，从恒大足球后援团到社区服务员，从街道办的单身青年联谊会到本地电视台的山寨版非诚勿扰……

与此同时，夏天还做了一个让所有人大跌眼镜的决定：辞职。

她固执地认为，自己就是因为待在这“破”公司，所以一直没男友。盖因其所在的培训部，90%以上都是女同事，并且平日里培训的对象95%以上都是女性导购员——完全是深陷女儿国的节奏啊。

随后，夏天马不停蹄地跳到了另一家外企，LV集团旗下的一个护肤品品牌。

果不其然，在新公司她遇到了一个三十岁左右的吴秀波式大叔：温柔，贴心，时尚，而且还长着一副标准的抗日剧里正派人物的国字脸……夏天哪见过这种阵势，很快就缴械投降了。

然而不幸的是，所谓的Mr. right，不过是一个披着暖男外套的渣男。

在成功俘获芳心后不到一个礼拜，渣男告诉她，自己其实有孩子了，是个单亲老爸，一直辛苦地独自抚养着孩子……夏天想了想后，坚定地说不介意。

又一个礼拜后，渣男继续向夏天爆料，说其实他自己有老婆了，不过老婆前阵子离家出走了，可能下个月就回来，谈离婚或其他……

对此，夏天真是欲哭无泪啊，深知如果再不走的话，这渣男就得说自己“患”有什么绝症了。

离开公司的当天，她心灰意冷地跑去算命。

2. 离开

2009年年末，在一个月色撩人的夜晚，我们一起用膳，席间她跟我说，小师兄，我要去旅行了。

我说旅呗，差钱吗?

她说是啊，还差几万。

我立马起身作势离开，说突然想起还有些工作没忙完，先走一步。

哈哈！去吧去吧，留下信用卡就中。

夏天说，其实这次不是一般的旅行，因为一来没有行程规划，二来也不打算限制时间。

怎么听起来更像是逃难啊? 你犯事了?

对啊，你现在成同谋了。其实我前两个礼拜去算命了，小秋介绍的，就在公元前地铁附近，说特别准。那个算命大爷跟我说，本小姐的真命天子是在“路上”遇到的。

半仙的鬼话怎能当真呢？况且他们的每一句话，都有一万种解读方式呢，比如说这句所谓的“在路上”其实也可以理解为……

算了，没关系，反正我也想出去走走，我有些腻味这破城市了。

那好吧，走累了就早点回来，别像女鬼一样在世道上飘着扛着。另外，安全第一，第一，第一——重要的事情跟我说三遍……对了，夏天，我曾听过一句英语谚语，很有意思。今儿见你我有缘，就免费赠你了，这顿饭女施主埋单呗:

If the end of story is not what you want， It is not the end.

嗯，我明白了。谢谢二师兄（猪的类比），不过这单，还是得让给——帅到爆棚的有缘人啊。

滚出。

从那时起，在我有限而珍贵的生命中，便多了一个无比重要的使命——不管坐在加班到凌晨之后的的士车里，还是如同监狱般的豪华办公室内，都得时刻记得为夏天的朋友圈点赞，用目光陪伴着她一路走走停停和那些晒出来的风花雪月：有北海涠洲岛的静，有南京夫子庙的闹，有东京银座的奢华，也有西西里岛的苍茫……

其间，夏天也正式有了新的绰号：剩夏。

就这样，剩夏这一走就是一年多。回来的当月，我们约在母校外的小北门吃饭洗尘。她说届时会给我一个大惊喜。

结果她的惊喜对我来说，既没有惊，也不带喜，而是大写加粗的“无言以对”。

她说，师兄，我要去丹麦了。

我说去呗，还没玩够就多玩一会啊。

她说，不是啊。我累了，玩不动了。

那去完这回就休息下，算命先生的话哪能信这么多的。

哈哈，对啊，我要去留学啊，我申请的学校批下来了。

我顿时一阵头晕，心想这丫头痴狂到让人胃疼啊。我说你是真心想着进修还是去找男友啊。

当然是——找男友啊。我想长驻“路上”，去国外碰碰桃花运啦。

……

师兄，不用担心我，北欧那个地方很安全的，我也会经常不分时差地微信骚扰你。对了，这些年来，我一直记得你跟我说过的那句话：

如果故事的结局并不是我要的，说明这一定不是结局。

3. 信仰

时间过得很快，2013年夏天，海龟夏顺利毕业。她决定第一时间回国，以支援家乡建设，用她的话来说就是——北欧的冬天太漫长了，太寒冷了，不适合自己。她在微信语音里兴奋地要求我一定要去接机！

我心想这么多年来，不管是刮风还是下雨，无论是旅行还是公出（必须承认，这丫头出的国都快赶上我出的省了），剩夏可从未矫情过让我接机啊——莫非是道听途说到我刚提新车了，还是有其他原因？比如像三毛一样，成功地找到了一个高鼻子蓝眼睛的荷西？

然而如你所料，故事依旧未到结局。

记得接机的那天下了雨，有点堵车，加上我刚摸车不久，对路况也不熟，所以迟到了半个多小时。刚下车，我远远便看到了剩夏，只见她形单影只地站在川流不息的人群中，旁边立着一个比她个头还大的行李箱。此刻的她正看着天空发呆，雨势很猛，而且越来越大，风则呼呼作响，带着阵阵肃杀的秋意——那一刹那，一股如潮的情愫倏地从心底涌出，让我几乎控制不住眼眶……

回广州半年后，剩夏这妖孽再一次轻易地颠覆了世人三观——这丫头居然信了教。

信教的原因有两个，一来是精神需要寄托，情绪需要释放，但也不想养个猫猫狗狗的；二来是因为这么多年过去了，一直都在努力地寻寻觅觅，结果却凄凄惨惨戚戚地独自过了一个又一个的双十一，剩夏觉得很可能是因为自己不够虔诚，所以得找个教派来信仰一下，以积善德，换取良缘。

其实对于剩夏信教，一开始我很不认同，特别是听到类似于“每个月要交一定比例的工资给教派”的规定，让人一度怀疑这“即便不是邪教，也是个伪装而变种了”的教派——须知这是中国，任何好东西都可以被山寨成牛鬼蛇神。

不过后来，跟她接触了一段时间才发现（有一次还被她拉去参加教友的教堂婚礼），广州的基督教徒还真不少，而且看起来都挺正规的，我也就不那么抗拒了。

总之，从那以后，剩夏的朋友圈便开始出现各种的正能量：去各地的福利院探望老人孤儿，在数九寒天跑去天桥下派发爱心便当，偶尔还会分享一些基督教徒的必读语录，比如"你们寻求我。专心寻求我，必将寻见"……另外，她还资助了两个贵州的孩子，隔三差五就快递一些物资过去，偶尔还打些款，换回来的则是照片上两个孩子天真的笑脸。

4．云开

2015年上半年的某一天，我刚下班就遇到了一个小年轻，神色诡异地管我借钱。

我恶狠狠地说你谁啊，心里则颤悠悠（目测此公身高有1米8，腰间还鼓鼓的，似乎藏有利器）地在想，不会遇到了穷疯了的变态吧？我看起来不像有钱人呀，右耳也没戴耳钉啊。

没想到的是，此公见我并非善类，顿时画风急转，语气瞬间温柔到近乎娘炮地说，我是谁不重要，你迟早会知道的。反正我不是坏人，你多少借一些呗，十块八块的，积点善缘，钱都是给山区孩子的，实在没有，一块两块也中啊……说到后面似乎还带些哭腔。

我看这家伙不像叫花子，而且也不像疯子啊，顿时更加断定是故意找茬的，于是急忙绕路前行。没想到一不留神，迎面撞进了另一个行人的怀里，差点没把爷给吓跪了。

只见这被撞的行人，非但没有生气，反而笑得前俯后仰、咯咯作响。定睛一看，居来是剩夏这个丫头。

一拷问，才发现，天啊神仙啊耶稣啊菩萨啊，原来这要钱的男生居然是——剩夏的男朋友！他们都是基督教徒，是做礼拜的时候认识的，做善事的时候加深的印象，做山区穷孩子认捐的时候拉的手……如今上岗不久，剩夏甚是开心，今儿特意给他安排了一个新手任务：堵我下班管我借钱。目的是给我一个大惊喜，不过如你所知，大惊吓我倒是收到了。

随后，为了压惊，我当仁不让地挑了一家当地最贵的寿司店，惬意地痛宰了他们一顿。

上周末，天冷得要命，广州居然50年一遇地飘雪了，雪花夹着冰雹欢快地拍打着这座南方的城市，人们似乎都被感染了，疯狂地刷着朋友圈奔走相告。正是在如此鬼冷的天气，剩夏居然一个夺命电话约我回学校吃大排档，并且还再三吩咐我要带上钱包。

我有些纳闷，她该不会是跟男友吵架了吧？更坏的是，难不成又遇渣男了？

一念至此，内心寒意骤增。

记得那天的夜风很大，寒气逼人，月色则皎洁到近乎苍白。我们吃完饭，漫步在几乎空无一人的学校里。其间，她只字未提男友，我也不太敢问。

对了，这里不就是我们当年拍毕业照的地方吗？

是啊，恍如隔世啊。对了，师兄，答应我一件事呗。

啥事？伴随着一种不祥的预感，我心底咯噔一下。

剩夏顿了顿，正经地看着我，半晌不吱声，随后无比呆萌且字正圆腔到几乎咬牙切齿地说道：

耶稣基督耶和华保佑，本小姐终于出手了，终于——要——结——婚——了！以后谁都不准叫我剩夏了！谁叫我跟谁翻脸。都他大爷的叫回我——夏——天。

听完夏天的话，我的大脑像突然被格式化了一般，顿时变成一片空白。在正式回过神前，我下意识地上前一步，并一把将泪眼迷蒙的剩夏抱入怀中。也不知过了多久，才说道：

好的，剩夏，师兄记住了。

……

If the end of story is what you really want,

It is the end.